로크미디어가
유혹하는
재미있는 세상

ROK
MEDIA
로크미디어

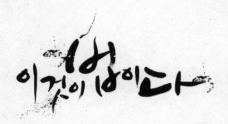

이것이 법이다 64

2019년 5월 21일 초판 1쇄 인쇄
2019년 5월 24일 초판 1쇄 발행

지은이 자카에프
발행인 이종주

기획 팀 이기헌 왕소현 박경무 이승제
책임 편집 최전경

발행처 (주)로크미디어
출판등록 2003년 3월 24일
주소 서울시 마포구 성암로 330 DMC첨단산업센터 3층 318호, 319호
Tel (02)3273-5135 **Fax** (02)3273-5134
홈페이지 rokmedia.com **E-mail** rokmedia@empas.com

ⓒ 자카예프, 2015

값 8,000원

ISBN 979-11-354-2247-8 (64권)
ISBN 979-11-255-9575-5 04810 (세트)

이것이 법이다

64

자카예프 장편소설

ROK
MEDIA
로크미디어

CONTENTS

성공한 스파이

"내가 저런 놈들을 데리고 기업을 운영하다니 미쳤군, 미쳤어!"

유민택은 병실로 돌아와서는 화를 삭이면서 이를 박박 갈았다.

"이 새끼들은 뇌에 똥만 처들었나! 아니, 공격도 중요하지만 그게 어떤 영향을 미치는지는 알아야 할 거 아냐!"

유민택이 이렇게 화내는 데에는 다 이유가 있었다.

만일 노형진이 예상하고 대처하지 않았다면 대룡은 조 단위의 피해를 입었을 게 뻔하기 때문이다.

한 달에 700억이라고 하지만 그 와중에 어긋나서 납품하지 못하게 되는 것과 인건비, 광고비, 거기에다 물건이 없어서 사지 못해서 사람들이 다른 기업의 물건을 샀을 때 발생하는 손해까지.

아마 노형진이 막지 않았다면 최악의 경우 재계 순위가 떨어지는 사태까지 갈 수도 있었다.

"갑질만 해 왔으니 알겠습니까? 집안에서 운영하는 기업들의 문제점이지요. 핏줄이 우선이다 보니 아무래도 무능한 사람들이 많이 올라와요. 그래서 부자는 길어야 3대라는 겁니다. 아무리 신경을 쓴다고 해도 미묘하게 자기네 사람을 쓰게 되니까."

노형진은 어깨를 으쓱하면서 말했다.

유민택은 한숨을 쉬었다.

"부정을 못 하겠군. 일단 친인척이라고 승진시킨 게 얼마만큼인지 나도 기억을 못 할 지경이니. 물론 아예 무능한 사람을 받아 주지는 않았지만……."

"그 미묘한 차이가 끝에 가서는 엄청난 차이가 되지요. 싸워서 승리해야 하는 사람과 기다려도 승진이 되는 사람 중 누가 더 치열하게 일을 하겠습니까?"

"끄응……."

유민택은 핵심을 찌르는 노형진의 말에 신음 소리를 낼 수밖에 없었다. 그의 말이 맞기 때문이다.

물론 자기 딴에는 비슷하면 자기 사람이라고 생각했던 것이겠지만…….

"밀리면 낭떠러지로 떨어지는 사람과 그렇지 않은 사람은 자세부터 다를 수밖에 없습니다. 그리고 스스로 성장하지 않는 사람들이 존재하고 있다면 기업은 정체되지요."

"후우, 내 실수였군. 난 나름 공정하게 한다고 했는데 말이지."

"'비슷하면 우리 사람'이라는 부분에서 이미 공정한 게 아닙니다. 비슷하면 남의 사람을 써야지요. 우리 사람이야 언제든 기회가 오겠지만 다른 사람은 아니지 않습니까? 사업이라는 건 복합적으로 봐야 하는 겁니다. 하지만 이들에게는 그런 경험이 없어요. 지금 대룡의 가장 큰 문제점은 유 회장님에게 모든 것이 몰려 있다는 겁니다. 그 폐해죠."

"후우……."

유민택은 한심스럽다는 듯 고개를 흔들었다.

많이 아픈 척하느라고 거기서 언성을 높이지는 못했지만 마음속으로는 실망이 너무 컸기 때문이다.

"그리고 오늘 일은 어느 정도 예상한 바입니다."

"예상했다고?"

"네. 애초에 이번에는 외부 인사는 방어하고 내부 인사인 유씨 가문 사람들이 공격하는 것으로 되어 있었으니까요."

"그래서?"

"어느 쪽이 능력 있는 사람이 더 많을까요?"

"으윽!"

노형진의 핵심을 찌르는 질문에 유민택은 아차 했다.

가문의 사람이라고 승승장구한 이들이니 유능하다고 보기는 힘들다. 도리어 가문 외의 사람들이 그러한 사회적 분위기를 꺾고 올라온 이들이니 더 유능할 것이다.

하지만 그들은 유씨 집안의 지원을 받지 못하니 외부 세력을 끌어들일 수밖에 없었다.

"결국 이번에 창피를 당한 건 외부 인사가 아닙니다. 양쪽 다 창피를 당한 거죠."

"노린 건가?"

"네."

"끄응……."

외부 인사들이 질 수밖에 없는 싸움이었다. 그러니 그 힘이 꺾일 수밖에 없다.

반면에 내부 인사들이야 이기기는 했지만 그들 때문에 대룡이 치명적인 타격을 입을 뻔했으니 그들의 멍청함은 사방에 소문이 날 것이다.

결과적으로 유씨 집안 쪽 인사들은 승리하기는 했지만 말그대로 상처뿐인 승리를 한 셈이다.

"전에 말씀드렸다시피 이번 싸움에서는 양쪽 다 힘을 빼야하니까요."

"그랬지……."

그에 반해 선창혁은 어마어마하게 주가가 올랐다.

이것이법이다

그는 엄청난 피해를 막았고 외부 세력들이 선창혁을 지지한다는 점을 명확하게 못을 박았다.

그리고 그들이 모았던 적지 않은 주식을 노형진이 긁어모으면서 외부적으로는 상당한 지분을 가진 주주가 되었다.

물론 공식적으로는 노형진이 가지고 있는 주식이지만 말이다.

"어찌 되었건 이번 작전으로 쭉정이들은 다 나가떨어졌습니다. 쓸데없는 욕심을 부리는 사람들이 있어 봐야 싸움만 번잡해지니까요."

"후우, 그렇기는 하지. 결국 남은 놈들이 문제군."

"네. 이런 말씀 드리긴 죄송하지만, 유씨 집안사람들 중에서 쓸 만한 사람은 없어 보이더군요."

"그 정도인가?"

"아무리 유씨 집안이라고 해도 회장님의 후계자 소리를 들으려면 20년은 여기서 일했어야 합니다. 하지만 20년 동안 자연스럽게 승진해 온 사람들이 과연 어떤 능력을 가지고 있을까요?"

"끄응……."

"도리어 지금 위험한 건 다른 사람입니다."

"다른 사람?"

"김왕태라는 사람이더군요."

"김왕태?"

"알고 계십니까?"

"아무리 그래도 사장단 중 한 명인데 내가 모르겠나."

대룡의 회장이 유민택이라고 하지만 그가 모든 계열사에 신경 쓸 수 있는 것은 아니다.

당연히 사장단이라고 해서 각 계열사마다 사장이 있고, 그 사장이 유민택을 대신해서 기업을 운영한다.

"아마 그 사람이 대룡무역 사장이었지? 나도 알고 있네. 능력 있는 사람이지."

"그 사람, 회사에서 많은 지지를 받던데요? 부하들도 그렇고요."

"그래, 능력이 있고 강단이 있지. 그리고 단호할 때는 단호하고, 베풀 때는 베풀어. 만약 내가 전문 경영인을 붙인다면 그를 붙이겠네."

만일 그가 유씨 집안사람이었다면 유민택은 주저 없이 그를 골랐을 것이다.

하지만 그가 유씨 집안이 아니었기에 그럴 수가 없었다.

"다행이군요."

"뭐가 다행이라는 건가? 설마 그를 진짜로 후계자로 세우라는 건가?"

"아니요. 그가 유씨 집안의 사람이 아닌 것이 말입니다."

"응?"

"그 사람, 조사하다 보니 특이한 부분이 나왔습니다."

"특이한 부분이라니?"

"그가 대동과 친밀한 관계를 가지고 있더군요. 아니, 대동과 친밀한 정도가 아닙니다. 그의 친척들은 다 대동에 다닙니다. 그것도 상당한 직급으로요."

"뭐?"

직원의 사생활까지 알아보지는 않았기 때문에 유민택은 그건 전혀 몰랐다는 듯 어리둥절한 얼굴이 되었다.

"대동이라니? 설마 그가 대동과 뭔가 있다는 건가?"

"네, 조사하다 보니 좀 나왔습니다. 제가 지난번에 한 작전은 어지간한 쭉정이들은 다 걸러 낼 수 있지요. 하지만 그 배후에 초거대 기업이 있다면 그 정도 방법으로 쫓아내는 것은 불가능합니다."

유민택의 얼굴이 딱딱하게 굳어졌다.

설마 대동이라는 이름이 여기서 튀어나올 줄은 몰랐기 때문이다.

대동.

일본에 적을 두고 있는 기업으로, 한국에서도 활동하고 있는 전형적인 친일본 기업이다.

한때 한국에서 성화와 손잡고 분식 체인을 열려고 하다가 노형진과 대룡에 의해 실패한 적이 있었다.

"그가 대동의 사람이라고? 그게 확실한가?"

"아마도요. 아마도 산업스파이일 듯합니다."

"산업스파이라니?"

"그는 주변에서 상당한 인정을 받고 있더군요."

"그래, 나도 알지. 그러니까 나도 마음 같아서는 그를 전문 경영인으로 앉혀 두고 싶다고 하는 거 아니겠는가?"

노형진은 고개를 끄덕거렸다.

유민택의 말이 맞다.

김왕태는 일도 잘하고, 칭찬도 많이 받고, 사람들에게 지지도 받는다.

그의 정적을 빼고는 부하 직원도, 그를 아는 사람들도 모두 그를 칭찬한다.

"그는 거의 완벽한 사람이지요."

"그래서? 그게 뭐 나쁜가?"

"그래서 문제입니다. 너무 완벽하거든요."

"응? 완벽한 게 문제라고?"

"세상에 완벽한 사람은 없거든요. 심지어 저조차도 말이지요."

노형진은 외부에서 보기에는 완벽한 사람으로 보일지도 모른다.

하지만 현실은 아니다.

그는 일을 위해 연애도 포기했다. 가족들과 친밀하게 지내기는 하지만 1년에 열 번 보는 것도 힘든 것이 현실이다.

외부적으로는 돈 많고 능력 넘치는 미혼남이지만 그 내부를 보면 일중독자에, 결혼한다고 해도 가족들을 제대로 챙길 수 있을지 확실하지 않을 정도로 바쁘다.

"그런데 그를 보니까 어이가 없더군요. 사실 우연이었습니다만."

숙청하기 위해서는 대상에 대해 잘 알아야 한다.

이 사람이 아군인지 적군인지도 알아야 하고, 이 사람을 없앴을 때 무슨 일이 벌어질지도 알아야 한다.

그런 면에서 김왕태는 자세하게 알아야 하는 핵심 인물이었다.

"후배나 부하에게는 존경받는 인물이고, 밥도 잘 사 주고 잘 베푸는 사람입니다. 사람들이 필요하다는 건 다 해 주고요. 그를 승진시킨 사람들의 이야기를 들어 보니, 남들에게 베풀 줄 아는 사람이고 또 남을 위해 돈을 쓰는 법을 아는 사람이라고 하더군요."

"그건 나도 아네. 설마 그 정도도 모르고 사장으로 올렸을까?"

"네. 그래서 전 이상하게 생각한 겁니다."

"그게 뭐가 이상해?"

"남에게 베푸는 건 좋습니다. 그런데 그 돈은 어디 하늘에서 떨어집니까?"

"자네가 사장 월급이 얼만지 모르나 본데……."

"압니다. 하지만 그가 그런 모습을 사장이 되기 전부터 보였다는 게 문젭니다."

사람을 좋게 판단하는 것 중 하나가 바로 그 사람이 얼마나 오랫동안 한결같은 모습을 보여 주느냐는 것이다.

그런 면에서 김왕태는 상당히 바른 모습을 오래전부터 보여 주고 있었다.

"거기에다가 그는 아내도 있고 아이도 둘 있지요. 아내는 일본 사람이고 아들은 도쿄대, 딸은 게이언 대학교에 다니고요."

"그건 알고 있네. 그게…… 그렇군, 자네가 뭘 말하는지 알 것 같아."

일본은 한국보다 환율이 세다. 당연히 대학 등록금도 엄청나다.

그런데 그걸 다 내면서 동시에 남들에게 베푼다?

"거기에다가 그의 집이 서울 강남의 52평 아파트더군요. 가격이 무려 15억입니다."

"으음……."

물론 대룡의 사장쯤 되면 그런 곳에 살 수 있다.

대룡의 사장, 그것도 핵심 사업 중 하나인 대룡무역 사장의 연봉은 무려 2억 5천.

"그런데 그가 그걸 대출도 없이 산 건 모르셨지요?"

"그런 것까지 조사하지는 않으니까. 사실 안다고 해도 부정하게 번 돈만 아니라면 상관없다고 생각하지. 대출 같은 게 있으면 횡령 같은 걸 하려고 하기 마련이니까."

"네, 그래서 이상한 겁니다. 그를 조사하면서 알게 된 건데, 그는 엄청나게 많은 돈을 씁니다. 최소한 자기가 버는 돈의 두 배 이상을요. 저희가 아는 것만 그런데, 빚은 또 없단 말이지요."

그렇다고 그의 아내가 무슨 일을 하느냐? 그것도 아니다.

그의 아내는 그냥 평범한 전업주부다. 딱히 일을 하지 않는다.

"물려받은 재산도 없고요."

"으음……."

"그의 학력은 일본의 게이오 대학교더군요. 그리고 첫 직장은 대동."

"큭, 설마……."

"이런 사람들은 저도 가끔 봤지요."

노형진은 한숨을 쉬면서 말했다.

사실 이런 경우는 여러 번 봤다.

너무나 완벽한 사람, 그래서 더 이상한 사람.

'완벽에는 이유가 있지.'

회귀 전 미국에서 그런 사람을 본 적이 있다. 그런데 그는 산업스파이였다.

그가 완벽한 이유는 간단했다. 그래야 더 높이 올라가고 더 많은 정보를 캐내기 때문이다.

"산업스파이들은 주변을 엄청나게 관리합니다. 빠른 승진에 매달리는 부분도 있지만, 주변에 자기 사람이 있으면 별

다른 의심을 받지 않고 산업 정보를 빼낼 수 있거든요."

유민택의 얼굴이 어두워졌다.

자신이 산업스파이라고 해도 주변에 잘해 줄 것이다. 그런 인맥은 알게 모르게 산업 정보를 가져다줄 테니까.

"으음…… 그건 내가 생각하지 못한 부분이군."

유민택은 당혹스러웠다.

가장 믿음직한 사람이라 생각했던 인재가 산업스파이였다니.

"제 예상은 아무래도 그가 대동이 심어 둔 산업스파이인 듯합니다."

"역시 그쪽인가."

"네. 상황이 그렇게밖에 안 보입니다."

일본에서 대동에 취업했다.

그런데 대동은 일본에서 알아주는 대기업이다. 그런 곳을 고작 2년 만에 그만두고 모든 걸 버리고 한국으로 건너와서 대룡에 입사한다?

"그게 벌써 30년 전이군요. 30년 전 대룡은 어떤 곳이었나요?"

"열심히 성장하고 시장을 개척하는 곳이었지. 말 그대로 빠른 속도로 성장하는 다크호스 같은 곳이었네."

"그 이후에 뭐 이상한 거 없었습니까?"

"그건……."

유민택은 뭔가를 생각하다가 눈을 찌푸렸다.

사업을 하다 보면 다른 기업과 종종 부딪히는 수가 있다.

그리고 유독 대동과의 전적이 좋지 못했다.

그들은 미묘하게 대룡보다 더 좋은 조건을 내세움으로써 대부분의 해외 사업을 선점할 수 있었다.

"크윽."

유민택은 절로 신음 소리를 냈다.

대룡무역이라면 모든 물자의 유통을 책임지는 곳 중 하나다. 특히나 해외에 보내는 경우는 더욱 그렇다.

가령 대룡건설이 해외에서 건설을 하려고 한다면 그곳에서 쓰는 장비와 시멘트 같은 것은 결국 대룡무역을 통해 거래하게 되어 있다.

"당한 건가."

유민택은 자신도 모르게 부들부들 떨었다.

가볍지 않고 좋은 사람이라고 생각했는데 산업스파이라니. 무능한 것보다 더 최악이다.

"인터넷 만화에서 그런 장면이 있었지요."

산업스파이가 정보를 캐내기 위해 회사에서 열심히 일하자 그 회사에서는 그를 승진시켜서 사장을 만들었다는 우스갯소리.

문제는 그게 현실적으로 불가능한 일이 아니라는 거다.

"아시겠지만 더 좋은 정보를 캐내기 위해서는 더 높은 자리로 올라가야 합니다."

"그래서 승진에 목을 매기 마련이지."

유민택은 눈을 찌푸렸다.

이건 전혀 예상하지 못한 상황이었다.

"하긴…… 산업스파이가 없는 게 이상한 거긴 한데……."

산업스파이는 없을 수가 없다.

당장 미국만 해도 얼마나 많은 산업스파이가 존재하는지 모를 정도다.

"후계자라……."

"지금 후계자를 논한다면 김왕태를 빼놓고 이야기할 수는 없습니다."

"끄응……."

유민택의 입에서 절로 신음 소리가 흘러나왔다.

물론 노형진이 쭉정이들을 정리했다고 해도 여전히 버티고 있는 사람들이 존재한다. 그런데 그중에서 김왕태를 이길 수 있는 사람은 없었다.

"알았네. 그건 조심하지. 내가 그를 배제할 수 있게 말하도록 하지."

사실 지금에 와서 그를 자르는 것은 상황상 좋지 않다.

그를 배제하면서 다른 사람들 중에서 믿을 만한 사람을 키우는 게 정답이다.

"알겠습니다."

노형진은 대수롭지 않게 대답했다.

어차피 후계자 문제는 자신이 선택할 수 있는 게 아니다.

유민택이 선택할 일이고, 자신은 주변의 날파리들만 정리하면 되는 것이다.

그러니 그가 김왕태를 배제하겠다고 하면 끝이다.

"그러면 다음 일을 시작하지요."

다른 쭉정이들을 정리하려고 계획을 짜는 노형진.

하지만 그런 그의 계획은 전혀 엉뚱한 일로 인해 틀어지기 시작했다.

⚖

대룡, 재벌 세습의 악습을 따라가다
능력보다는 핏줄. 한국의 재벌 세습

대서특필해서 언론에 나오는 뉴스들.

그걸 보면서 노형진은 눈을 찌푸렸다.

"이게 무슨 일이야?"

"나도 모르겠어. 갑자기 이런 뉴스가 미친 듯이 터져 나오고 있다고. 이곳뿐만이 아니야. 어지간한 언론사들은 부의 세습이니 어쩌니 하면서 대룡을 물어뜯고 있어."

"허."

노형진은 그걸 보고 고개를 흔들었다.

"당했다."

"당했다고?"

"그래. 김왕태가 그렇게 쉽게 물러날 리 없었지. 다른 것도 아니고 대룡을 집어삼킬 수 있는 기회가 왔는데."

노형진은 입술을 깨물며 말했다.

"회장이 될 수 있는 기회야. 그런데 가만히 있을까?"

"김왕태가 이런 걸 터트릴 능력이 된다고? 아무리 그래도 고작 사장이잖아. 대룡무역이 크기는 하지만, 이런 일을 저지를 정도는 아닐 텐데?"

"김왕태가 아니야."

"그러면?"

"성화가 왜 유 회장님의 아이들을 죽였을까?"

"아······."

지금 대룡은 후계 전쟁 중이다. 그리고 그게 누구든, 대룡을 물려받은 이는 대한민국을 쥐고 흔들게 될 것이다.

"쭉정이는 이미 한번 걸렀지. 그래서 남은 건 사실 얼마안 돼."

그들을 배제할 수 있다면 회장을 넘볼 수 있다.

누구나 그런 욕심을 가질 수 있다. 그건 문제가 안 된다.

문제는 김왕태가 대동의 산업스파이일 가능성이 높다는 것.

"그럼 이 일을 터트린 게 대동이라는 거야?"

"그래. 대동이 한국에서 세력이 약한 편이기는 하지만 그건 어디까지나 외적인 부분이야. 이미 일본에서는 재계 순위

20위급의 기업이야."

당연히 그들이 한국을 집중적으로 공략하기 시작하면 한국 시장은 무서울 정도로 잠식될 수밖에 없다.

'그동안은 대동이 한국에 관심이 별로 없었지.'

하지만 일본에서 여러 가지 사건이 터진 후, 특히 원자력 발전소 폭발 사고 이후에 한국으로 진출하려고 여러모로 노력하고 있었다.

"그 와중에 대룡을 삼킨다면 어떻게 되겠어?"

"그렇겠네."

대룡을 진짜로 삼킬 필요도 없다.

대룡을 이용해서 자신들을 밀어주게 한다면, 그동안 미뤄 오던 한국 진출을 순식간에 진행할 수 있을 것이다.

"그러면 이 모든 뉴스는 대동에서 시켰다는 소리구나."

"그럴 거야. 한두 곳도 아니고 모든 곳에 김왕태가 압력을 행사했다고 보기는 힘드니까. 하지만 대동쯤 되면 충분히 가능하지."

대동에 있어 한국 진출은 단순히 시장을 키우는 정도의 의미가 아니다.

대동의 이름 자체가 2차대전 당시 일본의 목적이던 대동아공영권에서 따온 것인 데다 그곳의 회장뿐만 아니라 사장들 역시 일제의 패망 이후 한국에서 도망친 친일 기업인들이기 때문이다.

'그들에게 있어 한국으로의 귀환은 대동아공영의 완성이

라는 소리지.'

그들은 한 나라에 들어가면 그 시장을 놔두지 않는다.

마치 아귀처럼 그 시장의 모든 것을 흡수하고 빨아먹는다.

물론 큰 사업은 손대지 않는다. 경쟁 상대가 거대 기업이기 때문이다.

하지만 슈퍼마켓이나 커피숍같이 서민들이 하는 사업에는 가차 없어서, 전부 빨아먹는 것으로 악명이 자자하다.

"어쩌지? 이런 식이면 대룡이 곤란하지 않아?"

"곤란하지."

이미지도 이미지지만 김왕태에게 파워가 쏠릴 것이다. 그러니 그가 후계자가 될 가능성이 높다.

물론 선택은 유민택이 할 수도 있다.

하지만 그건 어디까지나 회장으로서 그런 것이다.

"주주들의 반응 좀 알아봐."

"그래. 아무리 유 회장이 그를 밀어내려고 한다고 해도 결국 대룡은 주식회사야. 유 회장님이 대주주이기는 하지만 50% 이상의 주식을 가진 건 아니잖아?"

그런 상황에서 김왕태가 누가 봐도 훌륭한 리더감이라면 주주들이 그를 차기 회장으로 추대할 가능성이 높다.

"설마 그럴 리가. 유 회장님은 거의 대룡을 키운 사람인데 자른다고?"

"설마가 아니야. 실제로 자기가 만들고 키운 회사에서 자기가 잘리는 건 흔히 있는 일이야. 주식회사로 변경되는 순간 그가 속한 회사가 될 뿐이니까."

대표적으로 잭스가 한때 자신의 회사에서 잘린 적이 있다.

주주들에게 필요한 건 돈을 주는 사람이지 정통성이 아니다.

"그러면 차라리 그가 스파이라는 걸 까발리는 건 어때?"

"그건 힘들어."

그걸 까발린다고 해도 사람들이 믿어 줄 리도 없거니와 증거도 없다. 그런 증거를 쉽게 흘리고 다니는 사람이었다면 사장단에 들어가지도 못했을 것이다.

"그러면 외부 인사에게 회장 자리를 안 주려고 하는 편협한 기업이 될걸."

"끄응…… 완전 골 때리네."

손채림은 고개를 절레절레 흔들었다.

하지만 노형진은 씩 웃었다.

"골 때리지. 하지만 말이야, 위기는 기회라는 말도 있지."

"이게 기회라고?"

"그래. 이 싸움을 쉽게 끝낼 수 있는 기회."

노형진은 화면에 뜬 김왕태의 사진을 보면서 빙그레 웃었다.

⚖

"김왕태의 지지율은 현재 38%입니다. 회장님을 지지하는 비율은 42%고요. 나머지는 부동층입니다."

"으음……."

유민택 회장의 얼굴은 그다지 좋지 못했다.

미래를 위해 숙청 작업을 시작했을 뿐이라 설마 이 일이 자기 자리를 위협할 줄은 몰랐던 것이다.

"당연한 겁니다. 지렁이도 밟으면 꿈틀합니다. 저들이 지금 숙청 작업하는 걸 모를까요?"

"그렇겠지."

더군다나 한번 대대적으로 털어 냈다.

그 때문에 후보의 60%가 날아가 버렸다.

그걸 멀뚱멀뚱 보면서 '다음 차례는 나겠구나.' 하고 손 놓고 기다리는 놈은 없을 것이다.

"하지만 나를 자르려고 하는 건 의외군."

"회장님이 안 좋은 모습을 보이셨으니까요."

"내 함정에 내가 빠졌다는 건가?"

"네."

기업을 운영하는 사람이 몸이 좋지 않으면 당연히 주주들은 초조해한다. 특히나 기업이 그 사람에게 크게 기댈수록 더더욱 불안하다.

그럴 경우, 그런 불안감에서 벗어나려고 노력하는 것이 사람이다.

"그러면 어쩌는 게 좋을 것 같나? 나가서 나는 멀쩡하다고

이것이 법이다

해야 하나?"

"멀쩡하지는 않지 않습니까?"

"당장 죽지는 않아. 아니, 죽을 리 없지. 지금 나에게 매달린 의사가 몇 명인지 알기는 하는 건가?"

"알고 있지요."

"하지만……."

유민택의 얼굴이 어두워졌다.

그에게 의사가 매달리는 이유. 그건 그가 대룡의 회장이기 때문이다.

"잘리면 끝이겠군."

"그건 아니겠지요."

"글쎄."

유민택은 씁쓸하게 말했다.

물론 그가 회장에서 물러난다고 해서 돈이 사라지는 건 아니다.

'하지만 내가 살아 있는 것 자체가 부담이겠지.'

특히나 노형진의 말대로 그 뒤에 대룡이 있다면 더더욱 그럴 것이다. 회장에서 물러나서 은퇴한 그가 노환이나 백혈병으로 죽는다 한들 관심을 받는 것은 무리일 것이다. 그리고 그건 그들이 원하는 상황일 테고.

"자네는 어떻게 하면 좋겠나? 그냥 스파이라는 것을 까발려?"

손채림과 같은 생각을 하는 유민택.

하지만 노형진은 그럴 생각이 전혀 없었다.

지금같이 좋은 기회를 그냥 날릴 수는 없지 않은가?

"아니요. 그를 밀어줘야지요."

"뭐? 자네, 지금 농담하나?"

"농담이 아닙니다. 그를 뒤에서 조용히 밀어줘야 합니다."

"어째서? 그놈은 대룡을 대동에 가져다 바칠 놈이야!"

"그래서요."

"뭐?"

"작전을 짤 때 많은 사람들이 실수하는 것이, 내가 아는 것과 상대방이 아는 것을 정확하게 모른다는 거죠."

"그래서?"

"그는 지금 대룡의 유력한 후보입니다. 그런 그가 회장이 될 가능성이 높다면 어떻게 될까요?"

"당연히 개나 소나 매달…… 아!"

유민택은 거기까지 말하다가 탄성을 질렀다.

"온갖 쭉정이들이 다 달라붙을 겁니다."

그들은 김왕태가 대동의 산업스파이라는 사실을 알지 못한다.

당연히 그에게 줄을 서서 부귀영화를 누리려고 할 것이다.

"하지만 나중에 그가 산업스파이였다는 사실을 알게 된다면 이야기는 바뀌겠지요."

"숙청의 단위가 달라지겠군."

지금까지 이루어진 숙청은 평범한 후계자 정리 작업이었다.

하지만 그때는 회사 내부에서 줄이나 서는 쓰레기들을 대대적으로 밀어낼 수 있는 '피의 숙청'이 가능해진다.

"우리에게 이유는 명백하지요."

다른 곳도 아니고 일본 기업의 산업스파이가 대룡의 회장이 될 뻔한 일이다. 국민들은 분개할 것이고, 아니라고 징징거려 봐야 믿는 사람은 없을 것이다.

믿는다고 해도, 줄 잘못 서면 모가지 날아가는 거야 흔한 일 아닌가?

"그리고 그때 회장님의 건재함을 알리면 되는 거지요."

"옳거니! 안 그래도 그 부분에 대해서 고민이 많았는데."

아무리 그가 멀쩡하다고 주장한다고 해도 사람들의 불안감이라는 것은 '아, 그렇구나.'라는 식으로 풀리지는 않는다.

'당장은 멀쩡하다고 주장해도 아픈 사람이니 이제 곧 죽을지도 모르겠구나.'라고 생각하지.

"하지만 스파이를 색출하기 위해 거짓으로 했다고 한다면 사람들은 생각을 달리하겠지요."

'아직도 저 사람이 함정을 팔 정도로 멀쩡하구나.'라고 말이다.

"좋은 생각이군. 그 정도 감추는 건 일도 아니니까."

"그러기 위해서는 김왕태에게 힘을 실어 줘야 합니다."

"하지만 우리는 이미 힘을 실어 주는 사람이 있지 않나?"

"그러니까요."

선창혁이라는 가짜가 분명히 존재한다.

그와 김왕태에게 동시에 힘을 실어 주는 것은 말도 안 된다.

"걱정하지 마세요."

"응?"

"이이제이라는 말은 그냥 있는 게 아니니까요."

노형진은 씩 웃으며 말했다.

"나하고 거래를 하자고요?"

선창혁이 찾아오자 김왕태는 사람 좋은 미소를 지으며 맞이했다. 그리고 그가 한 말이 무슨 뜻인지 모르는 척 대꾸했다.

"무슨 말을 하는 건지 모르겠네요. 저는 회장 자리에는 관심이 없습니다. 오로지 기업이 잘되는 것만 바랄 뿐이에요."

"압니다. 하지만 기업이 잘되기 위해서는 사람이 잘 들어와야 하지요."

"그거야 그런데요. 그걸 당신이 저한테 이야기하는 이유를 모르겠네요."

선창혁은 유민택이 밀어주는 사람이다.

물론 정식으로 인정한 것은 아니지만 유민택의 사생아라는 소문이 파다하다. 그리고 유민택의 행동을 봐서는 그게 사실인 듯했고.

"제 소문을 들으셨지요?"

"그런데요?"

"전 사생아입니다. 정확하게는 사생아일 뿐이지요. 제 성은 선씨이지 유씨가 아닙니다."

"그래서요?"

"저는 바보가 아닙니다. 만약 회장이 된다면, 제가 무슨 꼴을 당할 것 같나요?"

"흐음."

김왕태는 모르는 척했지만 사실 어떤 일이 벌어질지는 뻔하다. 그는 유민택의 핏줄이라고 하지만 유씨 집안의 사람이 아니다. 어머니가 속한 선씨 가문 사람일 뿐이다. 아예 유씨 집안 자손으로 인정한 유영민하고는 전혀 다른 상황이다.

"아마도 절 몰아내려고 하겠지요. 아마도 그렇게 될 테고요. 저도 마이스터에서 일한 경험이 있는 사람입니다. 그 정도는 예상하고 있어요."

"그래서요?"

"방패가 필요하다는 거죠."

선창혁의 말에 김왕태는 철저하게 모른 척했다.

아마 모르는 사람이 봤다면 김왕태가 선량하고 노력하는 회사원의 표본이라고 생각했을 것이다.

하지만 선창혁은 아니었다.

이미 노형진에게서 그가 어떤 사람인지 들어서 알고 있었다.

"본사에서도 그런 조건이라면 거절하지 않을 텐데요? 제가 당신에게 지지 선언을 하겠습니다. 당연히 제 뒤에 있는 마이스터 역시 당신을 도울 거고요."

"본사라니요? 회사에서 도와준다는 말입니까?"

"에이, 알면서 왜 그러십니까? 제가 여기서 본사 이름을 꺼내기를 원하시나요?"

"그게 무슨 말인지 잘……."

"저, 마이스터 다닙니다. 그리고 투자회사에 있어 정보는 생명이나 마찬가지지요. 설마 여기에 들어올 때 후보자들에 대한 조사도 없이 왔겠습니까?"

김왕태의 얼굴이 딱딱하게 굳었다.

그리고 그걸 본 선창혁은 미소를 지었다.

"대룡 성장 초기에 입사하셨더라고요. 그것도 일본에서 대동에 다니시다가 말이지요. 스카우트도 아니고, 그 당시면 대동의 월급이 대룡의 거의 다섯 배 이상인데 그걸 다 포기하고 한국으로 들어와서 대룡에 투신하시다니. 그 충성심이 참으로 놀랍습니다."

"……."

"그런 충성심은 저도 좀 배워야지요. 물론 그 대상이 누군지는 모르겠지만."

히죽거리는 선창혁을 보면서 김왕태의 눈이 미미하게 떨

려 왔다.

무려 30년이다.

30년이나 자신을 잘 감춰 왔다고 생각했는데 그걸 이제 와서 찾아내는 사람이 있을 줄은 상상도 못 했다.

'유능하다고 하더니 그냥 헛소문은 아니었던 건가?'

남들이 실수할 걸 알고 그걸 도리어 이용해서 기업에 이익이 되도록 꾸며 둔 행동.

그 행동으로 인해 선창혁의 능력은 인정되었다.

사실 처음에는 운이 좋아서 그런 거라 생각했다.

그런데 지금 하는 말을 봐서는 단순한 우연이 아닌 듯했다.

"뭐, 사실대로 말하세요. 지금 상황에서 회장 자리를 탐내는 건 큰 잘못도 아닙니다. 사실 지금 그런 욕심이 없다면 그게 이상한 거 아닙니까? 남자로 태어나서 하늘 한번 쥐어 봐야지요."

"하하하, 좋은 말이네요. 그런데 그런다고 해서 제가 회장이 될까요?"

"그러면 이렇게 하지요."

선창혁은 주머니에서 녹음기를 꺼냈다.

그러자 그걸 본 김왕태의 눈이 꿈틀거렸다. 지금까지 몰래 녹음하고 있었다고 생각한 것이다.

하지만 그건 틀린 생각이었다.

선창혁은 그가 보는 앞에서 녹음기를 켰으니까.

"이건?"

"회장 자리에 도전하지 않겠다고 여기서 확답을 주신다면 모든 것은 여기에 묻어 버리지요."

"묻어 버린다?"

"네. 하지만 그랬다가 회장 자리를 노리신다면 이걸 공개하겠습니다. 물론 제가 아는 것과 함께요."

"그걸 누가 믿을까요?"

"그게 중요한가요? 결국 의심이 생기면 그게 끝인데. 진실은 만드는 거지 존재하는 게 아니더군요."

김왕태는 한참 침묵을 지켰다.

그러다가 어느 순간 광소를 터트렸다.

"푸하하하! 당돌하다 못해서 미친놈이군!"

아까와는 전혀 다른 모습.

예의를 지키고 바른 모습만 보이던 아까와는 달리 이제 그의 눈에는 광기만이 보이고 있었다.

"세상은 미치지 않으면 못 먹지요. 안 그런가요? 30년 동안 자신을 감추는 것도 상당히 힘든 일일 텐데?"

"어디까지 알지?"

"당신이 알고 싶지 않은 부분까지겠지요."

선창혁은 미소를 지으며 말했다.

그러자 김왕태는 고개를 끄덕거렸다.

"네놈이 줄 수 있는 건 뭐지?"

"정보죠. 당신에게는 최고 아닌가요?"

"내 자리가 어딘지 모르지는 않을 텐데?"

"네, 대룡무역의 사장님이지요. 그리고 얻을 수 있는 정보는 대룡무역의 정보이고."

"그래서?"

"잊고 계신가 본데, 제 아버지는 회장님이십니다. 그리고 아버지는 제가 회장이 되기를 간절하게 바라고 계시지요. 노망이라도 난 건지."

"노망?"

"선씨 성을 가진 제가 들어간다고 해서 대룡이 제 아래에서 움직일까요? 아까도 말했을 텐데요."

히죽 웃는 선창혁. 그리고 김왕태는 그런 그를 보면서 그가 노리는 게 뭔지 대충 알아차렸다.

"다 먹을 수는 없지만 뒤에서 그림자 노릇 하면서 챙길 건 챙기고 싶다 이건가?"

"역시 눈치가 빠르시군요."

사실 권력 싸움에서 밀려 버린 후계자의 말로는 비참하다 못해 인간 이하의 취급을 받는다.

재기를 막기 위해 그러는 것이다.

실제로 모 기업의 현 회장의 사촌은 후계 싸움에서 밀린 후 돈이 없어서 슈퍼마켓에서 라면을 외상으로 사 먹다가 죽었을 정도다.

그 사촌 형이 회장이니 호구지책을 만들어 주는 것은 일도 아니겠지만, 정작 그 회장은 그를 말려 죽이기 위해서 그가 취업하는 것조차도 결사적으로 방해했다.

"주식이야 물려받겠지만 그게 내 주식은 아니니까. 현금이야 그 멍청한 애새끼한테 준다고 못을 박았고."

주식도 전부 주는 게 아니다. 딱 법에서 인정한 부분만이다.

그 정도로는 자신을 지키는 데 부족하다.

그래서 선창혁은 방패가 필요하다는 것이다.

"그게 현실이기는 하지."

김왕태는 고개를 끄덕거렸다.

그가 하는 말이 사실이라는 걸 알기 때문이다.

"운 좋아서 대동에 자리 하나 잡아 주면 나야 좋고."

"그 대신 지지를 한다?"

"그래요. 그러면 많은 사람들이 당신을 지지할 겁니다."

"어째서?"

"한번 숙청 작업이 이루어졌잖아요. 후계자 자리를 노린다는 놈들도 바보는 아닐 테고."

말이 후계 작업이지 그 이후에 숙청이 이루어진다는 걸 모르지는 않을 것이다. 그리고 그중에는 후계 자리를 노리기는 하지만 능력이 되지 않는 놈들이 넘쳐 난다. 그들의 힘은 뻔하고 말이다.

"우리가 손잡는다면 그들은 저항을 멈출 겁니다."

"그렇기는 하겠군."

김왕태는 미소를 지었다.

안 그래도 후계자로 도전해야 하는데 마땅한 이유가 없었다.

그동안 자신이 보여 준 모습은 좋은 상사, 좋은 사람이었지 지도자의 모습은 아니었던 탓이다. 그렇다 보니 승진에는 유리하지만 대표가 되기에는 부족했다.

"하지만 삼고초려라고 하면 말이 달라지지."

"이성계도 부하들이 찾아와서 옥새를 맡겼다고 하지요."

주변에서 회장으로 밀어준다면, 그래서 나간다고 한다면 자신의 이미지와도 어긋나지 않는다.

"그런데 네놈을 어떻게 믿지?"

"말했잖아요, 나 회장님 아들이라고?"

선창혁은 차갑게 웃었다.

⚖

"소름 돋는군."

김왕태의 목소리를 들으면서 유민택은 부르르 떨었다.

녹음기는 사실 한 대가 아니었다.

"설마 진짜일 줄이야."

"설마가 사람 잡는 법이지요."

노형진은 녹음된 내용을 끄면서 착잡한 표정으로 말했다.

예상만 했는데 현실이 되어 버리다니.

"녹음기를 꺼냈는데도 믿었다니, 의외인데?"

손채림은 의아한 표정으로 말했다.

"꺼냈기 때문에 믿는 거야. 만일 말만 하고 아무것도 안 꺼냈다면 도리어 안 믿었겠지."

"그러면?"

"녹음기를 꺼내서 거래했다는 건, 간단해. 자기와 동류라고 생각하게 하는 거지."

목적이 있어서 들어온 것으로 보이는 모습.

그걸 위해서는 뭐든 하는 그 모습에 김왕태는 동질감을 느꼈을 테고, 그래서 방심했을 것이다.

"그러면 이걸 꺼내서 터트릴 건가?"

"그래도 되겠지요."

지금 이걸 터트리는 것만으로도 김왕태는 끝이다.

하지만 노형진의 타깃은 김왕태뿐만이 아니었다.

"이런 말이 있지요. 살을 주고 뼈를 취한다."

"그게 무슨 소린가?"

"생각해 보세요. 저들은 스파이를 심어 두고 우리 정보를 쪽쪽 빼 갔습니다. 우리는 그것도 모르고 월급 두둑하게 줘 가면서 그를 써먹었고요."

"그렇지."

"그 월급만큼은 받아 내야 하지 않겠습니까?"

노형진은 씩 웃었다.

"대동이 아마 참으로 기뻐할 겁니다, 후후후."

대청소하는 시간

　얼마 후 노형진의 예상대로 김왕태는 정식으로 회장이 되겠노라고 선언했다.

　당연히 수많은 후보들이 거부감을 드러냈다. 하지만 그런다고 해서 대세가 달라지는 것은 아니었다.

　도리어 선창혁이 지지 선언을 하면서 상황은 바뀌었다.

　"선창혁의 지지 선언이 엄청난 영향을 발휘하는군."

　군소 후보 대부분은 그 말이 나오기 무섭게 김왕태에게 달려가서 줄을 서기 시작했다.

　대형 후보 몇몇은 저항하기 위해서 뭉치기 시작했지만, 그럼에도 불구하고 그 세력은 미미하기 그지없었다.

　"선창혁은 회장님의 아들로 알려져 있으니까요."

"그가 혼자서 결정했을 리 없다는 거군."

"그럴 겁니다."

당연히 선창혁의 지지 선언에는 유민택의 의중이 들어 있다고 볼 수밖에 없는 상황이다.

"이게 그가 잠자코 있다가 갑자기 뛰어든 가장 큰 이유이기도 하구요."

유민택은 이번 후계 전쟁에서 잠자코 중립을 유지하겠다고 했다.

하지만 이곳에는 사업을 하는 사람들이 넘쳐 난다. 그 말을 진짜로 '아, 그러시겠구나.'라고 믿는 사람은 아무도 없었다.

"안 그래도 강력한 후보일 겁니다. 제가 편견 없이 조사했을 때도 그랬으니까요."

"거기에다 나와 선창혁의 지지를 한꺼번에 얻었다 이거군."

"그리고 선창혁을 얻는다는 것은, 그 뒤에 있는 마이스터 역시 돕는다는 뜻이지요."

"좋아해야 하나, 슬퍼해야 하나."

유민택은 씁쓸한 표정이 되었다.

그럴 수밖에 없는 게, 숙청의 규모가 어마어마해졌기 때문이다.

물론 딸랑거리고 줄이나 서는 쓸모없는 놈들도 존재했지만 그중에는 일을 제대로 하는 놈들도 섞여 있었다.

"뭐, 그런 사람들은 적절하게 구원해 주면 됩니다. 그리고 숙청을 어쭙잖게 하면 도리어 들고일어납니다. 잘 아실 텐데 요?"

"끄응……."

"사실 대룡의 나이도 이제 적지 않습니다. 도리어 일하는 사람들 기준으로 보면 다른 기업에 비해 더 나이가 많지요. 이유는 아시지요?"

"알지."

외부적으로 대룡은 젊은 이미지를 표방하고 그 이미지를 지키는 데 성공했다.

하지만 그건 어디까지나 노형진의 노력과 타이밍이 맞는 작전 덕분이지, 회사 자체가 젊어진 것은 아니었다.

유민택과 맞는 사람들은 결국 그 또래의 사람들이니까.

"결국 그들을 숙청하지 않으면 기업은 젊어지지 않습니다. 후계자를 세울 때 대부분의 기업들이 겪는 일이지요."

"끄응……."

그냥 자식을 대표로 세운다고 하면 후계자 전쟁이라고 하지 않는다.

자식이 여러 명이면 정해진 후계자를 제외한 세력도 밀어내야 하고, 한 명이라고 해도 시대에 역행하면서 손에서 쥔 것을 놓지 않으려고 하는 구세대도 밀어내야 한다.

그래서 어떤 기업이든 후계자 작업을 할 때는 피바람이 안불 수가 없다.

"하긴…… 결국 명분이지."

물론 유민택의 손자인 유영민이 성인이 되려면 아직도 멀었다. 바로 그게 문제였다.

기존 세력이 그걸 알고는 회장의 자리를 탐하기 위해 유민택과 그 세력을 밀어내려고 하고 있다는 것.

유민택이 숙청 작업을 결심하게 된 가장 큰 이유는 그것이다.

"어지간한 놈들은 이미 저쪽과 손잡았습니다. 그러지 않은 놈들은 우리가 방치하면 됩니다."

"저쪽에서 알아서 물리칠 거라 이건가?"

"이이제이이죠."

저들은 유민택이 알아차렸다는 것을 모른다.

그런 상황에서 유민택이 암묵적으로 밀어준다고 하자 대동은 지금이 기회라고 생각한 것이고.

"우리는 굿이나 보고 떡이나 먹으면 됩니다."

"하지만 그런다고 해도 이유가 있어야 하지 않나?"

"어떤 이유요?"

"어찌 되었건 후보로 올라온 사람이네. 그를 밀어내려면 이유가 있어야지."

노형진은 고개를 끄덕거렸다.

나중에 갑자기 인정하지 못한다는 식으로 말하면 그들은 극심하게 반발할 것이다.

도리어 그때는 위험하다. 이미 세력을 완성한 자들이니까.

이것이 법이다

"그러니 우리가 작은 선물을 줘야지요. 우리 대신 일하는 데 그 정도 선물은 줘야 하지 않겠습니까? 후후후."

⚖️

대룡의 내전 아닌 내전은 수많은 경제 관련자들의 시선을 끌었다.

그 내부의 암투는 치열하다 못해 잔인하기까지 했다.

"항복하겠습니다……."

대룡무역의 사장실.

그곳에서 한 남자가 무릎을 꿇고 있었다.

김왕태는 그를 차가운 눈빛으로 내려다보았다.

"내가 아무리 사람이 좋다고 하지만 내 적을 살려 두진 않습니다."

"사, 사장님……."

"기회는 드렸습니다. 제가 항복하라고 분명히 말했을 텐데요."

"……."

"두 번 기회는 안 드립니다. 퇴직금이라도 챙기시려면 지금 사직하고 물러나세요."

"크윽……."

그러자 무릎을 꿇은 남자는 신음 소리를 냈다.

하지만 이미 싸움의 승기는 넘어가 있었다.

싸움이 시작된 후, 김왕태는 저돌적으로 상대방을 공격했다.

다른 후보들은 결사적으로 저항했지만 대룡 내부에서 지지하고 대동이 몰래 지원하고 거기에다 마이스터까지 지원하는 그를 이길 수 있는 사람은 아무도 없었다.

"젠장! 네놈이 그러고도 잘 살 것 같아!"

무릎을 꿇었던 남자는 벌떡 일어나며 소리를 질렀다.

한때 한 기업의 대표였던 그다. 하지만 김왕태의 공격에 제대로 된 저항도 할 수가 없었다.

그를 지지하던 사람들은 그동안의 수많은 범죄가 걸리면서 잡혀 들어갔고, 그 자신은 횡령한 것도 걸렸을 뿐만 아니라 심지어는 어디서 구했는지 접대받는 모습이 찍혀 있는 사진까지 튀어나왔다.

"최소한 당신보다는 잘 살 것 같은데? 꺼져."

남자는 고개를 푹 숙이고 바깥으로 나갔다.

패자는 말이 없다.

그리고 김왕태의 말대로 퇴직금이라도 건지기 위해서는 자신이 물러나는 것밖에는 방법이 없었다.

"거의 다 정리되었군."

김왕태는 창문 바깥으로 그가 떠나는 모습을 물끄러미 바라보았다.

지난 몇 달간 수많은 사장들과 이사들 그리고 상무들 등

등, 후계자들이 될 수 있는 자들이 쓰러졌다.

"역시 내 선택은 맞았어, 후후후."

보고가 올라가자마자 대동은 그동안 몰래 조사한 자료를 모조리 그에게 건넸다.

거기에는 주요 멤버들의 추문이 가득했다.

"마음에 드시나 보군요."

"이제 얼마 후면 내가 회장이 된다."

"정확하게는 대리인이지요. 섭정이라고 해야 하나요?"

"섭정이 길어지면 그 사람이 황제인 법이야."

김왕태의 말에 나중에 들어와서 소파에 앉아 있던 선창혁은 고개를 끄덕거렸다.

"뭐, 사고라는 건 언제나 있는 법이니까요."

"흠, 무서운 소리를 하는군."

"무서운 소리라니요. 세상이 원래 그런 건데요."

선창혁은 씩 웃으며 말했다.

사고라도 나서 유영민이 죽으면 김왕태는 섭정이 아닌 황제가 된다. 그러면 유영민이 받을 재산까지 가질 수 있다.

"그렇지. 사고는 언제든 있을 수 있지. 유 회장도 불쌍해. 자식이라고 멀쩡하게 살아 있는 놈이 없으니, 흐흐흐."

김왕태는 마치 다 안다는 듯 미소를 지었다.

지난 몇 달간 보아 온 결과, 선창혁이 자신과 같은 인간이라는 데에는 의심의 여지가 없었다.

적을 가차 없이 밟았고, 자신이 가지고 온 더러운 추문을 적절하게 이용해서 적들을 하나씩 몰락시켰다.

"유 회장은 어때?"

"숨만 붙어 있지요."

"그래도 결재는 멀쩡하게 하는데?"

"눈이 거의 안 보입니다. 그래서 다른 사람이 옆에서 서류를 읽어 줍니다. 도장을 찍는 게 아니라 도장을 찍어 주는 수준이지요."

"우후후후, 그렇군."

한 달 전부터 유민택은 병원에서 나오지 않고 있었다.

최측근들조차 비서를 통해서 서류만 받고 결재를 받아 올 뿐이었다.

"하지만 전 다르지요."

테이블에 다리를 올린 선창혁은 느긋하게 말했다.

"어찌 되었건 유일한 자식이니까."

"그렇단 말이지."

그렇다면 조만간 자신이 회장이 될 수 있다는 생각에 김왕태는 미소를 지었다.

"그런데 그 와중에 재미있는 이야기를 들었습니다."

"재미있는 이야기?"

"네."

"서류를 읽어 주는 사람은 네가 아니라고 하지 않았나? 그럴 틈도 없을 텐데?"

"저, 바보 아닙니다."

씩 웃으면서 주머니에서 뭔가를 꺼내는 선창혁.

그걸 본 김왕태는 미소를 지었다.

"그게 있었군."

자신에게도 보여 준 적이 있는 물건. 바로 녹음기였다.

"아직 아버지가 절 믿지는 않아요. 그래서 그 자리에서 저는 물러나게 하고 비서가 서류를 읽어 주지만요."

"하지만 그때가 아니라면 안에 들어갈 수 있다 이거지."

"정답입니다."

유민택은 앞이 안 보인다. 그리고 선창혁이 있으면 다른 직원들도 자리를 비우는 경우가 많다.

그때 적당한 위치에 녹음기를 심어 두는 것은 일도 아니다.

그리고 다음번에는 갔을 때 꺼내 오고 다시 새로운 걸 심어 두면 되는 것이다.

"그래서, 그 재미있는 이야기가 뭐지?"

"들어 보세요. 어차피 그게 제일 확실하지 않겠어요?"

어깨를 으쓱하는 선창혁.

그가 녹음기를 작동시키자 카랑카랑한 비서의 목소리가 흘러나왔다.

-다음 보고 사항은 회장님께서 말씀하셨던 사실에 대한 부분입

니다. 라스엔에너지연구소에 대한 보고입니다.

　-라스엔? 거기가 어디지?

　힘이 없는 유민택의 목소리. 아마도 정신까지도 오락가락하는 모양이었다.

　-현재 마이스터가 투자하는 곳입니다. 유 회장님이 그곳에서 투자하는 기업에 대해 자세히 조사하라고 하셨지요.

　-그랬나? 그랬겠지. 그런데 왜?

　-그곳에서 나온 보고에 따르면, 투명 필름형 태양광 필름을 개발했다고 합니다.

　그 말을 듣고 김왕태의 눈썹이 꿈틀거렸다. 그리고 선창혁의 손에서 녹음기를 낚아채고는 볼륨을 높였다.

　선창혁은 그런 그를 보고 미소를 지었다.

　"관심이 생기나 보군요."

　"좀 닥쳐 봐!"

　그는 볼륨을 높인 것만으로는 부족했는지 녹음기를 귀에 바짝 붙였다.

　-투명 필름? 그게 뭔데?

　-투명 태양광 필름입니다. 말 그대로 창문에 붙이는 얇은 필름입

니다. 중요한 건 그게 태양광발전기 노릇을 할 수 있다는 겁니다. 거기에다 발전량도 과거 태양광에 비해 무려 쉰 배라고 합니다.

—그래? 좋네.

—좋은 정도가 아닙니다. 이걸 먼저 먹는 사람이 미래 에너지 시장을 지배할 겁니다. 마이스터도 그걸 알고 투자한 듯하고요. 개발은 다 된 모양이지만 마이스터 쪽도 생산 및 유통을 할 곳을 고심하는 모양입니다. 그럴 수밖에요. 이건 에너지계의 혁신이니까요. 대룡의 미래를 위해서는 어떻게 해서든 이걸 손에 넣어야 합니다.

—마이스터가 우리에게 넘길까?

—그럴 수도 있습니다. 일단 우리는 그들과 후계 문제로 연합 중인지라 사이가 나쁜 것도 아니니까요. 그리고 아시다시피 우리 대룡은 사회적인 문제에 영향을 끼칠 만한 제품에 투자를 많이 하지 않았습니까. 마이스터 쪽이 우려하는 것도 이게 한쪽으로 넘어가서 에너지 무기처럼 판매되는 것인 모양이고요.

—최대한 빨리 접촉해.

—알겠습니다.

그 이후의 내용은 다른 문제에 대한 보고였지만 그건 그다지 중요하지 않았다.

"으음……."

김왕태의 얼굴이 딱딱하게 굳었다.

"어떻습니까?"

"어떻냐니?"

"이 정도면 충분한 정보이지 않나요? 답례는 해야지요?"

김왕태는 씩 웃었다. 선창혁의 말이 무슨 뜻인지 알아차린 것이다.

"그래, 답례를 해야지, 후후후."

⚖

'물었군.'

노형진은 마이스터에서 온 연락에 미소를 지었다.

"이걸 진짜로 믿는 사람이 있네."

손채림은 대동에서 연락이 오자 어이가 없다는 듯 말했다.

애초에 저런 필름이 나온다는 것 자체가 말도 안 된다. 그런데 그걸 믿고 연락하다니.

"믿을 수밖에 없지. 그 정보원이 대룡이잖아. 그것도 회장인데 믿을 수밖에 없지."

"그런가?"

손채림은 '그럴 수도 있구나.'라고 생각하면서 고개를 끄덕거렸다.

하지만 노형진은 다른 이유도 알고 있었다.

'실제로 존재하는, 아니 존재하게 되는 물건이니까.'

물론 진짜로 존재하게 되려면 시간이 좀 더 걸리기는 한다.

이를 반대로 말하면, 현재 그런 걸 생각하는 사람들이 많다는 거다.

"그냥 무시하기에는 너무 군침 도는 물건일 거야. 생각해봐. 요즘 건물은 보기 좋으라고 유리창을 크게 만들지. 아예 벽 자체를 통유리로 하는 건물도 많고."

"그렇지."

"그런 곳은 냉난방비가 많이 나와. 그렇다고 냉난방비 아낀답시고 뽁뽁이를 붙이면 보기 좋은 건물이라는 건 의미가 없고. 그런데 이런 필름이 있다면 어떨까?"

일단 부착용 냉난방 필름은 이미 존재하는 기술이다. 그다지 어려운 기술도 아니고.

그런데 그것과 동시에 발전을 할 수 있게 한다면?

"냉난방에 들어가는 비용을 획기적으로 줄일 수 있어. 거대한 빌딩은 냉난방비만 억 단위로 나가니까."

하지만 이 필름이 있다면 그 건물 자체가 하나의 발전소 역할을 하게 된다.

물론 건물 자체를 돌릴 정도로 충분한 발전을 할 수는 없을 것이다.

하나 그렇다 해도, 기존 발전량의 쉰 배라면 최소한 50%는 감당할 수 있다는 소리다.

"혹할 수밖에 없네."

"그래. 그러니까 덥석 물 수밖에 없지."

"그런데 진짜 존재하는 거면 문제 아냐?"

노형진은 피식 웃었다.

진짜로 존재하고 대동이 이걸 가지고 간다면 문제가 될 것이다. 확실히 말이다.

"진짜라면."

"진짜라며?"

"사실은 반만 진짜야."

"뭐?"

"진짜로 존재하기는 해. 하지만 50%? 그게 가능할 리 없지. 지금 그 두꺼운 실리콘 태양광 패널로도 17%가 한계야. 그런데 50%라고? 말도 안 되는 소리. 지금 이거 발전이 가능하기는 하지. 하지만 효율은 1% 미만이야. 그리고 상용화라는 것은 단순히 만들 수 있는가 아닌가 하는 문제가 아니야. 지금 이건 연구실에서 어느 정도 작동은 돼. 하지만 상용화? 될 리 없지. 1미터당 제작비가 3천만 원은 훨씬 넘을걸."

"허얼?"

1% 미만의 발전 효율을 평당 3천이 넘는 비용을 주면서 붙이려고 하는 사람은 없을 것이다.

"애초에 이건 그저 미끼야. 김왕태를 잡기 위한 미끼."

김왕태는 이곳에서 일하지만 대동의 스파이다.

그리고 그의 임무는 돈이 되는 것을 대동에 가져다 바치는 것.

"기존의 정보에 보면 대동이 미묘하게 대룡보다 살짝 더 빠르게 접촉하거나 대룡보다 미묘하게 더 많은 조건을 내거는 경우가 많았어. 대룡에서는 우연이라고 생각했지."

하지만 산업스파이, 그것도 사장급이라면 정보를 캐내는 것은 어려운 일이 아니다.

"그러니 정보를 먼저 가져다 바쳐라 이건가?"

"그래."

노형진이 꺼낸 정보는 사업하는 사람이라면 누구든지 혹할 정보다.

사기라고 생각하기에는 터무니없는 상황이니까.

"분명히 김왕태가 안다면 대동에 정보를 건넬 거라 생각했지."

그리고 대동이라면 이걸 안 물 수가 없다.

미래의 에너지 기업이 된다는데 누가 거절하겠는가?

에너지 기업은 엄청난 수익을 내는 곳으로 유명하다.

"하지만 그들과 접촉하는 것은 대동이잖아, 김왕태가 아니라. 그러면 김왕태를 잡겠다는 생각은 이미 실패한 거 아냐?"

노형진이 씩 웃었다.

"걱정하지 마, 저들은 대기업이라고."

"응?"

"대기업이니 그들이 쓰는 방법은 뻔하지."

그리고 그게 그들의 가장 큰 실수가 될 것이다.

유카모토라는 남자의 말에 모리슨은 곤란한 표정이 되었다.

"안 됩니다."

"적당한 대가를 치르겠다니까요."

"적당한 대가를 치르신다고 해도…… 이미 특허 신청이 들어가 있는데요."

모리슨은 라스엔의 연구원이었다. 그리고 상당한 도박 빚이 있는 사람이었다.

그런 그에게 접근해서 유카모토는 정보를 빼내 달라는 요구를 했다.

"이미 특허 신청이 들어가 있으니 그런 요구를 하셔도……."

"특허는 완벽한 게 아니지요. 우리가 그 공식만 알 수 있다면 적용할 수 있는 게 많습니다."

"으음……."

모리슨은 유카모토의 말에 신음 소리를 냈다.

사실 특허라는 것은 완벽한 보호법이 아니다. 특히나 이런 기술적 특허는 더 그렇다.

가령 어떤 물건의 생산에 A라는 물질과 B라는 물질이 들어가는 게 특허라고 쳤을 때, 다른 곳에서 C라는 물질이 B 물질을 대체할 수 있다는 걸 알고 A와 C로 제조하는 것으로 특허를 내는 것은 특허를 침해하는 것이 아니다.

'그리고 대기업쯤 되면 그런 걸 찾아내는 것은 일도 아니지.'

실제로 많은 기업들이 그런 식으로 특허를 꿀꺽 삼키는 일이 다반사다.

하지만 그건 어디까지 기본이 되는 것, 그러니까 그 물질을 만드는 방법을 알고 있을 때에나 쓸 수 있는 것.

이미 특허가 신청된 이상 빼앗을 방법이 없는 대동의 입장에서는 그 제조법을 알아내어 슬쩍 바꿔서 특허를 낼 생각이었던 것이다.

"하지만……."

모리슨은 잔뜩 고민하는 눈치였다.

그들이 제시한 돈이 어마어마하기는 하지만 자신의 인생을 걸기에는 적다고 느꼈기 때문이다.

그걸 알았는지 유카모토는 그에게 당근을 더 내밀었다.

"원하시면 대동의 연구원으로 오실 수 있게 해 드리지요. 지금의 두 배의 조건으로요."

"두 배……."

"어차피 이곳에서는 더 이상 하실 수 있는 게 없지 않습니까?"

모리슨은 고개를 돌려서 회사가 있는 쪽을 바라보았다. 그리고 한숨을 푹 쉬었다.

'그래, 이미 알고 있지, 후후후.'

전폭적인 지원을 받아서 연구하는 건 좋은데, 그 연구가 끝난 후에 다른 프로젝트가 가동되지 않고 있다.

비싼 연구원을 놀린다는 것 자체가 엄청난 손해다.

그런데 그런 그를 놀린다?

'뻔하지.'

그에게 도박 빚이 있다는 걸 안 회사에서 모리슨을 쳐 내기로 작정한 것이다.

더군다나 모리슨은 얼마 후면 계약이 갱신된다.

그렇다면 해직하고 쓸데없이 복직 소송을 해 올 위험을 감수할 필요도 없이 그냥 계약을 갱신하지 않는 게 훨씬 깔끔하다.

모리슨도 그걸 알 테고.

"당장 돈도 돈이지만 생활비가 필요하지 않겠습니까?"

"후우……."

"간단합니다. 그냥 관련 자료를 건네주면 그만입니다."

"음……."

모리슨은 입술이 바짝바짝 타는 듯했다.

그러다가 힘겹게 입을 열었다.

"도대체 어떻게 안 겁니까?"

"뭘요?"

"우리 연구소에서 필름을 개발한 걸요."

"우리 나름의 정보통이 있습니다."

모리슨은 고개를 끄덕거렸다.

사실 그건 상관없었다.

"좋습니다. 하지만…… 돈은 선금으로 주셔야 합니다."

"그러지요."

"그리고 바로 도주할 수 있도록 출국과 관련 서류도 다 준비해 주십시오."

"도주요?"

"유럽 연구소가 이런 문제에 대해 얼마나 예민한지 아시지 않습니까? 만일 정보가 샜다는 걸 안다면 당장 내가 죽을 겁니다. 들어가면 못해도 20년이에요."

유카모토는 고개를 끄덕거렸다.

'일반적이지 않지만.'

대부분의 경우 유출 사건이 벌어지면 그 이후에 조사가 진행되기에 상황을 두고 보다가 잡힐 것 같으면 튀는 게 보통이다.

하지만 모리슨의 경우는 특정되기 좋은 조건이다.

도박으로 빚을 가지고 있는 데다가, 해직 대상인 걸 뻔하게 아니까.

당연히 유출이 확인되면 가장 먼저 타깃이 될 것이다.

"그렇게 하지요."

"알겠습니다."

유카모토는 고개를 끄덕거렸다.

그리고 옆에 있는 가방에서 구두를 꺼내 건넸다.

"웬 구두입니까?"

"설마 USB에 담아서 오시게요?"

"그건…… 그러네요. 될 리 없겠네요."

입구에서 짐과 주머니를 샅샅이 뒤진다.

심지어 엑스레이기까지 통과해야 하는데, 전화도 회사 내부에서 쓰는 건 카메라도 인터넷도 안 되는 먹통이다.

"이 구두의 뒷굽을 열면 USB가 들어 있습니다. 거기에 저장하고 뒷굽에 넣으시면 됩니다."

"하지만…… 엑스레이가……."

"뒷굽은 특수한 처리가 되어 있어서 안쪽이 안 보입니다. 그래서 일반 엑스레이로는 일반 구두로만 보일 겁니다."

모리슨은 침을 꿀꺽 삼켰다. 그리고 그걸 받아 들었다.

"입금되는 걸 확인되면 일하겠습니다."

"그러시지요."

유카모토는 일이 잘 풀렸다고 생각해서 미소를 지었다.

그렇기에 자신들을 바라보는 시선이 있다는 것은 전혀 모르고 있었다.

⚖️

김왕태는 일이 잘되었다는 소식을 듣고 미소를 지었다.

자신이 건넨 정보 중에서 최고로 좋은 거라고 생각했다.

'이제 대룡은 내 것이다, 흐흐흐.'

그저 산업스파이였지만 이제 대룡은 자신의 손에 떨어진 것이나 다름없는 상황이다. 거기에다 자신에게서 이런 엄청난 정보를 받은 대동은 자신을 적극적으로 밀어줄 테고.

'대한민국 경제가 내 발아래에 무릎 꿇는 날이 얼마 남지 않았다.'

얼마 후 대동이 한국에 진출하고 자신이 휘어잡은 대룡이 그걸 도와주면, 한국 경제를 자신들이 휘어잡을 수 있다.

'어쩌면…… 대통령이 될 수 있을지도 몰라.'

농담이 아니라, 두 거대 기업의 지원이라면 충분히 꿈꿀 수 있는 일이다.

그리고 대통령이 된다면…….

'대동아공영권의 완성.'

자신이 어려서부터 배운 그 경제적 대동아공영권의 완성이 눈앞에 오는 것이다.

김왕태는 벅찬 감동에 주먹을 불끈 쥐었다.

하지만 그의 그런 망상은 오래가지 못했다.

띠리링, 띠리링.

사색을 방해하는 전화벨 소리에 김왕태는 눈을 찌푸리면서 전화기를 들었다. 그러다가 화면을 보고 움찔했다.

"뭐지?"

거기에 찍혀 있는 번호에는 '큰아버지'라고 적혀 있었다.

사실 그의 큰아버지는 죽은 지 오래로, 저건 본사를 뜻하는 말이다.

"여보세요?"

전화를 받는 김왕태의 목소리가 떨렸다.

그럴 수밖에 없는 게, 본사에서는 그가 출근해 있으면 혹시 몰라 절대로 연락하지 않았기 때문이다.

그런데 그런 규칙까지 어기고 전화할 정도라면 일이 제대로 틀어졌다는 뜻이다.

─이 새끼야! 일을 어떻게 하는 거야!

"네? 일을 뭘 어떻게 했다는 겁니까?"

─장난해! 네가 넘긴 건 쓰레기라고!

"쓰레기요? 쓰레기라니요? 무슨 말씀이신지?"

─효율이 50%? 이 새끼야! 가지고 온 거 가지고 실험해 보니까 1%도 안 나온다!

"네?"

김왕태는 정신이 아찔했다.

효율이 1%도 안 나온다고?

자신이 최근에 준 정보 중에서 효율을 따질 건 하나뿐이지 않은가?

"그럴 리 없습니다. 분명히 특허를 신청 중이라……고…….''

말을 하던 그는 아차 싶었다.

특허를 신청 중이라고 했지, 특허가 나왔다고는 하지 않았다. 그리고 특허 신청은 개나 소나 다 할 수 있다.

사기꾼들이 많이 쓰는 방법 중 하나가 바로 '특허 신청 중'이라는 말과 '실용신안등록'이라는 것이다.

특허 신청을 하고 결판이 나려면 좀 시간이 걸린다.

하지만 사람들은 특허를 신청했다는 말만 들어도 그게 당연히 통과될 거라 덥석 믿어 버린다.

물론 통과되지 않는 경우가 더 많다.

그리고 실용신안등록.

이건 특허가 아니다. 쉽게 말해 이건 '법적으로 사용해도 문제없는 물건'이라는 정도의 개념일 뿐이다.

'당했다.'

효율 50%라고 특허를 냈고 그게 통과된다면 대박이 맞겠지만, 일단 특허만 내는 것은 어려운 일이 아니다.

당연히 서류와 맞지 않으니 탈락하겠지.

"크윽."

그리고 자신들은 그것도 모르고 덥석 문 것이다.

쉽게 말해, 사기에 당한 것이다.

'젠장.'

김왕태는 입술을 깨물었다.

"죄송합니다. 유민택 회장이 아무래도 정신이 오락가락해서 잘못된 정보를 가지고 온 듯합니다."

유민택 회장이 했던 말을 기반으로 했던 보고이니 슬쩍 그에게 잘못을 뒤집어씌우는 김왕태.

하지만 상대방이 화가 난 이유는 그게 아니었다.

-유민택? 빠가야로! 지금 그게 중요한 줄 알아!

"네? 그 정도로 피해가 큽니까?"

물론 관련자에게 돈을 주고 정보를 빼 오는 데 많은 돈이 들기는 했지만 대동에서 이렇게 화를 낼 정도는 아니다.

사실 장차 대룡의 대표가 될 가능성이 높은 그에 비하면 터무니없이 가치가 낮은 돈일 것이다.

그런데 그게 중요한 게 아니라니?

그 이유는 금방 밝혀졌다.

—이 새끼야! 넌 뉴스도 안 봐?

"뉴스……요?"

김왕태는 등골이 오싹했다.

'뉴스'라는 말이 끼어서 자신들에게 좋을 게 없다.

그는 다급하게 인터넷에 들어가서 뉴스를 살폈다.

그리고 메인에 올라간 기사를 보고 정신이 아득해졌다.

> 일본계 기업 대동, 산업스파이 혐의 고발
>
> 유럽 각국, 대동에 산업스파이 혐의로 수사 시작

손이 부들부들 떨렸다.

자신들이 접촉했던 남자, 모리슨.

그가 모든 증거를 들고 쪼르르 경찰에 달려갔다.

그리고 그것도 모자라서 냅다 언론에 터트렸다.

물론 대부분 암묵적으로 산업스파이가 있다고 생각하지만

생각하는 것과 실제로 발각된 것은 전혀 다른 문제다.

　　유럽, 대동과 이루어진 모든 거래 전수조사 시작

　이 말대로라면 대동은 유럽에서 치명적 타격을 입는다.
　아니, 타격을 입는 정도가 아니라 유럽에 있는 스파이 조
직이 박살 난다고 봐야 한다.
　"이, 이럴 수가……."
　물론 그것도 충격이다.
　하지만 더 충격적인 뉴스는 그 아래에 속보로 떠 있었다.

　　속보. 잠시 후 2시부터 대룡의 유민택 회장 기자회견 예정

　그걸 보고 김왕태는 털썩 주저앉았다.

⚖

　뉴스에서는 계속해서 유민택의 속보를 틀어 주고 있었다.
　유럽을 발칵 뒤집은 대동의 산업스파이 사건. 그게 한국에
까지 영향을 미칠 줄은 몰랐던 것이다.

　－제 와병설은 거짓입니다. 회사 내부에 있는 산업스파이들을 색

출해 내기 위한 작업이었습니다.

　얼마 전까지만 해도 당장 죽을 것 같은 모습으로 나타났던 유민택이다. 하지만 아주 멀쩡한 모습으로 방송에서 그는 당당하게 말하고 있었다.
　물론 그 방송을 위해 상당량의 진통제를 맞아야 했지만 사람들은 그런 그의 말을 믿을 수밖에 없었다.

　─저희는 산업스파이가 아주 깊숙한 곳까지 파고들었다는 사실은 알고 있었지만 특정할 수가 없었습니다. 결국 그를 잡아내기 위해서 제 와병설을 조작하고 거짓 정보를 흘린 것입니다.

　유민택의 말에 기자들은 웅성거렸다.
　유민택이 말하는 것은 한 가지를 뜻하기 때문이다.

　─그러면 유럽의 산업스파이 사건이 회장님의 조사 과정에서 드러난 거라는 뜻입니까?
　─이렇게 될 줄은 몰랐습니다만, 결론부터 말하면 그렇습니다. 저희가 발견한 스파이는 일반 직원도 아닌 사장단에 있었습니다. 그로 인해 우리가 흘린 정보에 홀려서 대동이 움직인 것입니다. 그는…….

　거기까지 보던 유민택은 뉴스를 꺼 버렸다.

유럽과 아시아를 뒤흔든 스파이 사건인 만큼 숱하게 봐서 더는 볼 것도 없으니까.

"안 보십니까?"

노형진은 유민택을 바라보면서 물었다.

"더 봐서 뭐 하게? 속만 쓰리지."

아무리 숙청하는 과정에 알게 된 거라고 하지만 배신당한 게 기분이 좋을 수는 없다.

물론 뭐라고 할 수도 없다.

숙청이라는 것도 어찌 보면 배신의 일종이니까.

"회사 내부는 어떤가요?"

"피바람이 불고 있지."

다른 사람도 아니고 산업스파이, 그것도 유럽과 한국을 뒤흔든 사건인 대동 스파이 사건의 핵심에게 들러붙었던 자들은 모가지가 날아가면서도 찍소리도 못 했다.

사실 산업스파이 혐의는 법적으로도 상당한 처벌이 따라온다. 한국에서야 솜방망이 수준이겠지만 유럽은 지금 내부에서 스파이를 색출하고 재판하는 것으로 언론이 터져 나갈 지경.

"원래 사회생활이라는 게 줄 잘못 서면 끝나는 법이지요."

노형진이 씩 웃으며 말하자 유민택은 미심쩍은 눈으로 그를 바라봤다.

"자네가 그걸 어찌 아나?"

"주워들은 게 있으니까요."

"끄응……."

"하여간 이번 사태로 대룡은 상당히 깨끗해질 겁니다."

"그렇지."

"그리고 대동과는 사이가 틀어져 버렸군요."

"언제는 좋았나?"

착잡한 표정으로 말하는 유민택.

대동이 심어 둔 스파이 때문에 대룡에서 피해 본 것도 적지 않겠지만, 이번 사건으로 대동이 입은 피해는 상당한 규모였다.

특히나 유럽과 미국 등지에는 징벌적 손해배상 제도가 있는 만큼 대동은 치명적인 타격을 입을 것이다.

"스트레스를 받으면 안 된다는데, 상황 자체가 스트레스군."

"어쩌겠습니까?"

어깨를 으쓱하는 노형진.

그나마 다행인 것은, 이제 숙청 작업이 끝나고 나면 진짜 젊고 유능한 인재를 끌어 올릴 수 있다는 것이다.

"결국 이 이후의 일은 미래 세대가 책임질 일입니다."

"그리고 그걸 짊어질 사람을 구해야지겠지."

숙청이 끝나면 새로운 피가 수혈될 것이다.

하지만 그걸 키우는 건 또 다른 문제다.

"최소한 과거에 잡혀서 끌려가지는 않겠지요."

노형진은 씩 웃으며 말했고, 유민택은 그저 쓸쓸하게 웃을 뿐이었다.

사기는 아니지만 사기다

—형진아! 이거 어떻게 하냐!

노형진의 아버지 노문성이 화가 잔뜩 난 목소리로 말했다.

노형진은 고개를 갸웃했다.

"무슨 일이신데요?"

—당했다! 당했어!

"당하다니요?"

—사기를 당했어!

"사기요?"

노형진은 놀라서 벌떡 일어났다.

그의 아버지는 절대로 가난한 사람이 아니다. 아들인 노형진에게 비할 바는 아니라고 하지만 수백억대의 자산을 가지고 있다.

그럴 수밖에 없는 게, 노형진이 투자를 할 때 그걸 일부 공
유했기 때문이다.

그런데 사기라니?

"얼마나요?"

―금액은 얼마 안 되는데 이놈이 작심한 것 같아.

"작심요? 도대체 무슨 사기를 당하셨는데요?"

아버지가 자신과 이야기도 안 하고 투자를 한 건가?

그럴 리 없다.

아버지는 노형진이 투자의 귀재라고 생각하고 있다.

그러니 아무리 작은 투자라고 할지라도 그와 상의했을 것
이다. 지금까지도 그래 왔고.

그런데 사기라니?

―성남에 산 빌라 말이다! 그게 사기였어.

"네? 하지만 그거 사기고 뭐고 할 게 아니었는데요?"

노형진의 아버지가 성남에 오래된 빌라를 하나 산 적이 있
다. 그건 기억한다.

하지만 그건 사기라고 할 수 있는 게 아니다.

부동산을 통해 제대로 산 데다, 직접 등본을 떼어 보고 확
인까지 다 했으니까.

―그게 아니라 거기 리모델링 말이다.

"리모델링요?"

―그래, 업주가 잠수를 탔어.

노형진은 눈을 찌푸렸다.

⚖

"허, 참."

빌라의 상태는 개판이었다.

당연하다면 당연한 거다.

공사한답시고 내부를 다 뜯어내고 문틀도 다 뜯어냈으니 을씨년스러운 폐허일 뿐이었다.

"이러고 튀었다고요?"

"그래. 후우…… 이 망할 놈들이 몇 번이나 전화했는데 전화를 안 받아."

"작심했군요."

노문성이 산 빌라는 오래된 건물이다.

물론 그대로 입주시켜도 상관없을지 모르지만, 그는 그걸 새로 싹 고쳐서 새로운 건물 수준으로 리모델링 하기를 원했다.

그래서 그 리모델링을 업자에게 맡긴 것인데 업자가 그 작업을 하다가 튀어 버린 것이다.

"이놈 처벌 못 하냐?"

"이게 참 지랄 같은데, 이건 처벌 못 해요."

노형진은 머리를 긁적이며 말했다.

요즘 흔하게 벌어지는 사기 아닌 사기에 아버지가 당할 줄 은 몰랐던 것이다.

"아니, 그게 무슨 소리야! 처벌을 못 한다니?"

"이게 사기이기는 한데 사기가 아니라서요."

"뭐? 그런 법이 어디에 있어?"

"하아…… 요즘 리모델링이나 인테리어 할 때 사기 치는 놈들이 많더라구요."

한숨을 푹 쉬는 노형진이었다.

"이게 사기가 아니라니 말이나 돼? 공사를 끝내기로 한 시 점이 무려 4개월 전이야! 그런데 아직도 안 하고 있잖아!"

"그게 문제예요."

대한민국의 법률에서 사기에 관한 조항은 상당히 빡빡하다.

돈을 빌려주고 받지 못한 경우는 사기가 안 된다.

사기의 기본 조건은 일을 할 생각이 없다는 것이다.

그러니까 일을 할 생각이 없거나 할 능력이 안 되는데도 일을 맡아서 돈을 횡령하는 것이다.

"그런데 이런 건 그런 경우가 아니거든요."

업자들은 일단 안쪽을 부수고 리모델링 작업을 시작했다. 그리고 그대로 튀었다.

"이 경우는 하려고 하지 않은 게 아니게 되어 버려요. 일 단 착수는 했으니까."

"이미 튀었잖아!"

"이미 뛰었지요. 하지만 중요한 건 그게 아니에요. 그 일을 시작할 때 할 생각이 있었느냐 없었느냐가 관건이지."

고개를 절레절레 흔드는 노형진.

이런 사기가 요즘 많아진다는 사실이 새삼 느껴졌다.

"일단 일이 시작된 이상 사기가 성립이 안 돼요."

"미친! 무슨 법이 그따위야?"

"어쩌겠어요. 경찰에서도 접수를 받아 주지 않는다면서요."

노형진은 어깨를 으쓱했다.

"끄응…… 그렇지."

노문성은 경찰서에 접수하러 갔었다.

하지만 경찰은 사기가 성립되지 않는다면 접수를 거부했다.

"물론 제가 나서면 접수시킬 수 있어요. 경찰이 죄를 판단하는 건 기본적으로 불법이니까."

한번 그 문제로 인해 경찰과 대립했음에도 불구하고 경찰은 임의로 직접 죄를 판단하고 접수를 거부하는 경우가 여전히 무척이나 많았다.

"그렇지만 이 경우는 대부분 사기로 성립되지 않을 거예요."

"그러면 어떻게 해?"

"다른 방법을 찾아야지요."

"다른 방법?"

"네. 정확하게 말하면 이건 사기는 안 되지만 배임은 되거든요."

"뭐?"

"아 다르고 어 다른 게 법이에요. 그런데 사람들은 잘 모르니까 가장 만만하게 사기라고 생각하죠. 그렇지만 정작 사기에 해당되지 않으니 풀어 주는 거고."

배임이라는 것은 어떤 일을 하거나 해야 하는 자가 그 업무를 하지 않음으로써 피해를 입히는 것을 처벌하는 규정이다.

"이 경우는, 일단 아버지는 계약을 맺었지요. 당연히 상대방이 어떠한 업무를 하기를 기대하는 거죠. 그런데 저쪽은 그걸 거부했으니까."

"하지만……."

노문성은 어이가 없다는 듯 고개를 돌려서 을씨년스러운 건물을 바라보았다.

"접수를 거부했는데?"

"경찰이 제대로 일하는 걸 기대하는 건 무리니까요."

임의로 자신이 판결을 내려서 접수는 거부할 수 있지만, 접수가 들어온 사건을 이게 해당 조항이 잘못되었다고 알려 주는 것은 불법이라면서 안 하는 것이 경찰이다.

그러니 이런 식으로 당하는 사람이 한두 명이 아니다.

"어떤 사람은 3년씩 싸우기도 하지요."

물론 건물 자체의 리모델링은 다른 업자에게 맡기면 되지만 이미 줬던 돈을 받아 내기 힘든 것이 사실이다.

작심하고 사기를 쳐서 그 돈을 모조리 다른 곳으로 빼돌리기 때문이다.

"나쁜 놈들 같으니라고. 처벌을 안 받는다 이거군."

"네."

놈들도 대부분 자기 행위를 사기라고 생각한다. 하지만 정작 이 경우는 사기로 신고해 봐야 처벌되지 않는다.

그러니 당당하게 이러고 다니는 것이다.

상대방이 사기로 신고해도 처벌받지 않으니까.

"뭐, 운이 좋으면 제대로 된 경찰과 검사를 만나서 업무상 배임으로 들어가기도 하는데."

노형진은 어깨를 으쓱했다.

그런 운 좋은 사람들이 많다면 이런 범죄가 많아질 리 없다.

"일단은 업무상 배임으로 제가 처리할게요."

"하지만 공사비는?"

"얼마나 주셨는데요?"

"일단 선금으로 3천."

"헐."

"4층짜리 여덟 가구 리모델링 공사잖니. 그러니 선금이 많을 수밖에."

"그건 그런데……."

노형진은 눈을 살짝 찌푸렸다.

그리고 건물을 바라보았다.

'아무래도 여기만 그런 게 아닐 것 같은데.'

이런 놈들의 특징은 절대 한 건만 하고 튀지 않는다는 것
이다.

"일단 그놈들부터 잡고 시작하죠."

아들의 말에 노문성은 고개를 끄덕거렸다.

노형진이 고소장을 준비하는 그때였다. 생각지도 못하게
도 그 업자에게서 노문성에게로 전화가 왔다.

이미 아들에게서 대처 방법을 들은 노문성은 차분하게 대
응하면서 통화 내용을 녹음했는데, 그래서인지 노형진은 그
걸 들으면서 피식 웃음이 나오는 것을 느꼈다.

─돈을 선금으로 달라고요?

─안 그러면 공사 못 합니다. 아시다시피 그 건물, 너무 오래되었
어요.

─애초에 공사는 하지도 않았잖습니까?

─생각해 보니 그 정도 공사를 할 돈이 안 되니까 그런 거죠. 돈만
주시면 확실하게 끝내 드리죠.

노형진은 거기까지 듣고 그냥 녹음기를 꺼 버렸다.

"전형적이네."

"그렇지?"

이런 사기꾼들의 방식은 똑같다.

처음에는 싸게 해 준다고 접근한다.

그 후에 아무래도 자신들이 할 수 없다고 하면서 추가 비용을 더 달라고 한다.

그리고 그것마저 받아서 잠수해 버린다.

"이런 놈을 어떻게 처벌하지?"

"말 그대로야 업무상 배임으로 넣으면 돼."

"하지만 그런다고 해서 돈이 돌아올까? 사실 이런 놈들은 이미 빼돌릴 거 다 빼돌렸을 텐데."

"그건 알지."

노형진은 고개를 끄덕거렸다.

이런 사기꾼들은 이미 돈을 다 빼돌렸을 거다. 그러니 민사를 해도 받아 낼 수 있는 것은 없다.

"흠……."

손채림은 녹음된 기록을 종이로 출력한 내용을 다시 한 번 살폈다.

"결과적으로 돈을 주면 공사를 하겠다는 건데, 어떻게 생각해?"

"터무니없지. 물론 아버지가 싼 가격에 한 건 사실이야."

문제는 그 싼 가격이 피해자를 유혹하기 위한 방법이라는 거다.

이 정도 되는 집을 2억에 리모델링 한다? 그건 불가능하다.

내부만 리폼해도 수천이 들 수밖에 없는데 말이다.

"바뀌는 건 없어. 업무상 배임으로 고발하고 처벌한다."

"그런다고 겁먹을까?"

"아니, 안 먹겠지."

노형진은 피식 웃었다.

"그러나 그가 더 무서워하는 게 있지."

"어떤 건데?"

"전에 말하지 않았나? 사기꾼이 가장 무서워하는 것, 그건 돈이라고 말이야, 후후후."

⚖️

건축 사기꾼 강갑만은 경찰의 말에 눈을 꿈틀거렸다.

경찰이 자신을 오라고 했을 때만 해도, 또 귀찮은 게 왔다면서 피식 웃었던 그다.

하지만 경찰은 평소와는 달랐다.

"이거 확정되면 몰수에 들어갈 겁니다."

"무슨 소리예요? 내가 언제 사기를 쳤다는 겁니까? 난 하려고 했어요! 그런데 상식적으로 그걸 할 수 있는 돈이 아니잖아요!"

"그러면 애초에 계약을 하지 말았어야지요."

경찰은 귀찮은 듯 말했다.

"그리고 엄밀하게 말하면 이건 사기가 아니라 업무상 배임이에요. 사기는 몰수 규정이 없지만 업무상 배임은 몰수 규정이 있거든요."

"뭐요?"

"몰수 규정이 있다고요."

사기의 경우 그 피해를 입은 사람이 민사를 내서 돈을 돌려받는 것 말고는 방법이 없다. 정부에서 그런 돈을 되찾아서 주거나 하는 게 아니기 때문이다.

그래서 강갑만이 당당하게 나설 수 있는 것이다.

사기로 처벌받아 봐야 자신은 풀려나고, 돈도 결국 자신이 버티고 안 주면 그만이니까.

"하지만 이 경우는 아니죠."

몰수를 하게 되면 그가 번 수익은 모두 정부에서 찾아간다. 그래서 문제가 되는 것이다.

몰수해서 정부에서 되찾아 간다고 하지만, 민사는 또 따로 있으니까.

"일단 공사 기간은 원래 3개월 이내라고 되어 있는데, 처음에 사흘 일하고 그 후에 네 달이나 잠수 타셨네요?"

"그건 돈이 없어서……."

"수천만 원의 선금을 미리 받아 내셨잖습니까?"

"그건……."

강갑만은 말을 하다가 옆에 앉아 있는 변호사를 바라보았다.

경찰을 찾아갈 때 데리고 가면 알아서 방어해 주던 변호사는 곤혹스러운 표정이었다.

"이봐요, 뭐 해요?"

"이건 사기가 아니에요."

"알아요. 사기가 아니지."

경찰은 한숨을 쉬었다.

가끔 이런 사건들이 들어오는데, 현행법상 사기는 아니다. 그래서 그들은 당당하게 경찰서를 나간다.

"하지만 계약서에 도장 찍었죠?"

"네."

"그러면 업무를 담당하기로 한 거잖아요? 그러면 업무상 배임 맞네."

"그……."

강갑만은 입이 쩍 벌어졌다.

업무상 배임이라는 것은 전혀 들어 본 적도 없는 범죄이기 때문이다.

"나는 그런 죄는 들어 본 적도 없어요!"

그는 거칠게 항의했다.

하지만 경찰은 피식 웃었다.

"들어 본 적이 없는 거야 중요하지 않지요."

"뭐라고요?"

"죄는 많고, 그걸 처벌한 규정은 다 있어요. 그래서 그게 나쁜 일이라는 최소한의 규정이 있다면 적용됩니다."

"아니 그게, 상식적으로 생각해 보세요. 꼴랑 2억입니다. 그 정도 건물을 새로 싹 리모델링 하려면 3억 이상 들어야 해요! 원가만 말입니다! 그런데 꼴랑 2억이에요! 그런데 그걸 나보고 하라고요?"

경찰은 머리를 흔들었다.

이건 답이 없다.

"일단 계약서에 도장 찍었잖아요?"

"그거야……."

찍었다.

일단 속여서 돈을 뜯어내고 잠수 타야 하니까.

"그러면 계약은 성립된 거예요. 강갑만 씨가 할 수 있다고 한 거니까."

"그……."

"아, 난 모르고요. 합의를 하든가 하세요."

전화번호를 던져 주는 경찰의 행동에 강갑만은 헛웃음만 나왔다.

⚖️

"젠장…… 어떻게 해야 하지. 미치겠네."

강갑만이 받은 전화번호는 노형진의 전화번호였다.

사기가 안 된다는 소리만 믿고 지금까지 범죄를 저질러 왔다. 동기가 이렇게 해서 적지 않은 돈을 벌었다고 해서 시작한 일이었다.

그 덕에 이렇게 골수를 빼먹으면서 못해도 3억 이상을 벌었다.

지금까지 그 누구도 업무상 배임이라는 이야기는 하지 않았다.

다급한 마음에 자신에게 알려 준 동기에게 전화해 봤지만 그는 말을 듣기가 무섭게 전화를 끊고 잠수를 탔다.

"씨발 놈."

그의 눈이 붉어졌다.

"그래, 배 째라. 어차피 이 나라는 개떡 같은 거 아냐? 이 나라에서 범죄자가 언제 제대로 처벌받은 적이 있었어?"

현행법상 업무상 배임의 처벌은 10년 이하 징역, 3천만 원이하 벌금이다.

그러나 한국의 법원은 벌금이 걸린 범죄에는 특수한 경우가 아니면 실형이 아니라 벌금으로 끝내려고 하는 성향이 강하다.

상식적으로 벌금이 실형에 비해 터무니없이 낮음에도 불구하고 말이다.

"까짓거, 1천만 원 내고 말지, 뭐."

어차피 끽해야 천만 원만 내면 된다.

이미 변호사에게서 확인한 사항이다. 그 정도 벌금을 내고 나면 자신은 문제가 될 게 없다고.

하지만 그의 그러한 희망은 연달아 날아온 수십 장의 소환장에 무너지고 말았다.

"어?"

각기 다른 경찰서에서 날아온 출석요구서.

그리고 그 요구서에서는 하나같이 '업무상 배임으로 인한 조사'라고 되어 있었다.

강갑만은 그걸 보고 얼굴이 사색이 될 수밖에 없었다.

🜔⚖🜔

강갑만에게 핵폭탄을 던져 준 노형진은 느긋하게 두 번째 핵폭탄을 준비하고 있었다.

그건 다름 아닌 민사였다.

"다른 사람들을 찾아서 고소 방법을 알려 주는 거야 뭐 기본적인 전략인데."

손채림은 고개를 갸웃하면서 물었다.

노형진의 공격 방식은 강갑만처럼 피해자가 여럿인 경우, 피해자들에게 동시에 범죄에 대한 공격 방식을 알려 주는 식으로 재기 불능으로 만드는 것이 보통이었다.

"그런데 민사야 기본이기는 해. 그런데 받아 낼 수 있을까?"

"아니, 못 받아 낼걸."

"그러면?"

"민사는 기본적으로 권한을 받아 내기 위한 방법이기도 하지만 다른 처벌을 하기 위한 방법이기도 해."

"다른 처벌?"

"그래."

"어떤 거?"

"어떤 걸까요?"

"헐?"

무슨 계획인지 알아차린 손채림은 고개를 절레절레 흔들었다.

"너, 그 계획 쓰면 못해도 그 인간이 20년은 종 치는 거 알지?"

"20년? 내가 봐서는 30년 이상일 것 같은데."

"아주 죽이겠다는 거구나."

"애초에 범죄를 저지를 때는 그 정도는 각오하고 저질러야지."

노형진은 피식 웃으며 말했다.

"그 전에 우리도 대한민국에 애국 좀 하고 말이지."

"애국이라고 하면?"

"현행법 규정을 이용해 볼까 해."

"현행법 규정?"

"그래?"

"어떤 건데?"

"몰수."

"몰수?"

"내가 왜 굳이 업무상 배임으로 넣었겠어? 그게 해당되어서? 뭐, 그것도 맞지만, 내가 업무상 배임으로 넣은 이유 중 하나는 바로 몰수 제도 때문이야."

몰수란 범죄로 얻은 수익을 정부에서 강제로 빼앗아 가는 것을 말한다.

이러한 업무상 배임이나 뇌물 수수 등은 금전을 노리고 하는 것이기에 그러한 금전을 빼앗아 가는 것이 명확한 경우 상당한 억제력을 가지고 있다.

"그래서 네가 대포 통장을 조사하라고 한 거구나."

"그래."

노형진은 손채림에게 이야기해서 강갑만이 가지고 있던 대포 통장을 조사하라고 했다.

당연히 그 대포 통장은 압류되었지만 돈은 이미 다 빠져나간 상황이었다.

"하지만 의미가 없었잖아."

"의미는 없지. 하지만 몰수는 당장 있는 재산만 빼앗아 가는 게 아니거든."

"응? 그게 무슨 소리야?"

"무슨 소리냐면…… 오, 아케치 상. 오셨군요."

노형진이 설명하려는 찰나 문이 열리면서 한 남자가 모습을 드러냈다.

한껏 밝은 모습을 보이는 남자는 미소를 지으면 어눌한 한국말로 말했다.

"형진 상도 건강하시무니까?"

"그럼요. 요즘 사업 좀 잘되십니까?"

"덕분에 잘되고 있으무니다."

노형진을 찾아온 사람은 노형진이 과거에 야쿠자와 손잡고 만든 야쿠자계 채권 회수 회사의 직원이었다.

좋게 말해서 회사인 거지, 사실 골수까지 쪽쪽 빼먹는 범죄자 집단이나 다름없다.

사기꾼에게 걸려 있는 채권을 싸게 사고, 그 대신에 그를 잡아가서 등골이 휠 때까지 부려 먹는 것이다.

"그런데 우리에게 팔 채권이 있다고 들었스무니다만?"

"채권은 확실하게 확보할 수 있습니다. 하지만 채권이 아닌 다른 부탁을 하려고요."

"부탁이라고 하면?"

"취업을 좀 부탁해도 될까요?"

"취업요? 그거야 전부터 하는 일 아니무니까?"

아케치는 고개를 갸웃했다.

벌써 백 명이 넘는 사기꾼들이 끌려가서 착취당하거나 목숨을 저당 잡혀서 방사능을 처리하는 곳에서 일하고 있었다.

"아, 그게 좀 처벌이 묘해서요."

"묘하다니요?"

"사실은 채권보다 우선시되는 게 있습니다. 그건 정부에 내야 하는 건데……."

"으음?"

이게 무슨 말인지 이해하지 못한 아케치는 고개를 갸웃했다.

"간단합니다. 저희가 노리는 범죄자가 하나 있습니다. 그의 몰수가 곧 이루어집니다."

"몰수라 하믄 저희 담당이 아니무니다."

몰수는 민사의 배상과 다르다.

정부에서 빼앗아 가는 것이고, 피해자들에게 돌려주는 것은 아니다.

"압니다. 저희는 민사를 걸 수 있지요. 하지만 민사를 건다고 해서 그가 돈을 돌려줄 것도 아니고요, 또 몰수를 건다고 해서 그걸 뺄어 내는 것도 아니라서요."

"흠."

몰수의 한계는 명확하다.

몰수한다고 해도 정부에서는 정해진 방법만을 써서 재산을 압류해야 한다. 강갑만은 몰수 대상이 된 재산은 이미 빼돌린 상태다.

그러면 남은 방법은 하나뿐이다.

"일하면서 갚도록 해야지요."

"그 직장을 구하시무니까?"

"네. 가능하면 한국 내에서 최대한 힘들고 더러운 일요."

"흐음⋯⋯."

아케치는 턱을 문질렀다.

"그런 일이야 찾아보면 알아볼 수 있수무니다만⋯⋯ 저희가 이득이 없는데⋯⋯."

"민사가 나오면 그걸 넘기겠습니다."

"민사를 넘긴다고 하셔도⋯⋯."

노형진과 이들의 계약은 간단하다.

사기를 친 대상에게서 노형진과 피해자는 원금만 받는다. 그리고 이들은 이자를 받아 낸다.

물론 그 과정에서 상당한 '플러스알파'가 붙겠지만 말이다.

"이럴 때 쓰라고 하청 업체가 있는 법이지요."

"하청 업체?"

"네, 후후후."

노형진은 씩, 미소를 지었다.

⚖️

강갑만은 매일같이 경찰에 시달림을 받았다.

노형진이 그에게 당한 피해자들을 하나하나 찾아서 업무상 배임으로 고발을 하라고 조언했기 때문이다.

그래서 결국 처벌을 피할 수가 없었다.

"벌금이 대략…… 1억 2천입니다."

"씨발! 장난해!"

강갑만의 변호사는 어쩔 수 없다는 듯 고개를 흔들었다.

"최선을 다해서 방어한 겁니다. 사기를 너무 많이 쳤습니다."

"나 사기 친 적 없다고!"

"아니, 사기를 친 적이 없다고 하셔도 업무상 배임을 하신 건 맞잖습니까?"

변호사의 입장에서는 답이 안 보이는 느낌이었다.

한두 건도 아니고, 그가 속이고 다닌 사람만 수십 명에 사건의 수는 무려 스물두 건이다.

한 건당 몇백만 원씩 벌금이 나왔으니 1억 2천이면 도리어 벌금이 적게 나온 셈이다.

"아, 미치겠네, 씨발……."

"그런데 더 큰 문제는 몰수입니다."

"벌금은 해결할 수 있겠어?"

"네. 벌금은 어떻게 해결할 수 있을 것 같습니다. 어차피 내실 생각이 없잖아요."

"미쳤어? 내가 왜 그걸 내! 어?"

"그러면 벌금은 일단 강제 노역으로 치를 수 있을 것 같습니다."

벌금을 내지 못하는 경우 그 당사자는 노역으로 그 벌금을 차감할 수 있다.

최대 하루 5만 원에서부터 시작되는데, 그 하루 일당을 결정하는 것은 다름 아닌 판사다.

"판사에게 적당히 뇌물을 쓰면 하루당 차감비를 많이 늘릴 수 있을 겁니다."

이런 경우는 흔하다.

가령 어떤 회장의 경우 벌금 245억을 받고 벌금 대신 노역을 선택했는데, 그 하루 일당이 5억이었다.

당연히 노역장의 그 누구도 대기업 회장에게 일을 시키지 못했으니 느긋하게 휴양만 즐기다 왔고 말이다.

"얼마나?"

"글쎄요. 뇌물을 좀 쓰면 하루에 500만 원까지는……."

"500만 원?"

"네."

"큭."

하루에 500만 원씩 차감한다고 하면, 한 달 정도 일하면 대부분의 벌금을 차감할 수 있다.

"씨발, 어쩔 수 없지."

한 달 정도는 그냥 노역장에서 시간을 때울 수밖에 없다는 생각에 강갑만은 한숨만 쉬었다.

"그러려면 못해도 2천은 주셔야 합니다."

"씨발."

강갑만은 짜증이 났지만 이제 와서 어쩌겠는가?

진짜로 하루 5만 원으로 갚으려면 노역의 최대치인 3년을 꽉 채우고도 부족할 것이다.

"후우, 염병할."

강갑만은 변호사의 사무실을 나와서 자신의 사무실로 향했다.

집으로 가고 싶었지만 압류에 대비해 집도 모조리 빼 둔 상태여서 사무실에 붙어 있는 쪽방 말고는 쉴 곳이 없었다.

"어?"

그런데 그가 사무실에 도착했을 때 보인 것은 건장한 사내들이었다.

"누구슈?"

어리둥절해서 묻자 건장한 사내들은 스윽 일어났다.

그리고 가장 앞에 있던 남자가 명함을 건네면서 미소 지었다.

"직업소개소에서 나왔습니다."

"직업소개소?"

"네."

순간 강갑만의 입에서 침이 꿀꺽 넘어갔다.

들어 본 적이 있다. 사기꾼을 강제로 끌고 가는 조폭들.

'으으으…… 씨발. 잠깐만, 왜 여기에?'

저들은 무조건 사기꾼을 끌고 가는 정의의 사도가 아니다.

민사 채권을 구입해서 그걸 핑계로 사람을 끌고 가는 놈들이다.

그리고 그에게는 아직 민사 채권이 없다.

"크흠…… 뭐 때문에 그러슈?"

그는 애써 진정하면서 말을 꺼냈다.

그러자 남자는 미소를 지었다.

"아, 강갑만 씨죠? 이야기를 들어 보니 벌금하고 압류 대상 금액을 내지 못하신다고 해서요."

"뭐?"

그는 움찔했다. 설마 그걸 벌써 알 줄은 몰랐던 것이다.

"저희가 대출해 드리려고 합니다. 그 대신에 저희를 위해 일해 주시면 됩니다만……."

"무슨 개소리야! 내가 그럴 것 같아! 어!"

그들에게 끌려가면 첫 번째로 가는 곳이 바로 원자력발전소 청소 작업이다.

엄청난 방사능 아래에서 일하면 사람이 살아도 산 게 아니다.

그러니 강갑만은 절대로 끌려갈 생각이 없었다.

"그래요? 그러면 벌금하고 압류 금액을 내실 돈이 있나 보네요?"

강갑만은 침을 꿀꺽 삼켰다.

여기서 밀리면 자신이 끌려간다는 직감적인 느낌 때문이었다.

"그래? 있다! 내가 고작 몇억 때문에 끌려갈 것 같아?"

"그래요?"

남자는 고개를 갸웃하면서 어둠 속으로 고개를 돌렸다.

"이야기가 좀 다릅니다만."

"무슨 이야기가 다르다는……!"

말을 하던 강갑만은 순간 입이 다물렸다.

어둠 속에서 나오는 수많은 사람들이 보인 것이다.

"그래? 그 돈이 어디에 있는지 어디 한번 찾아볼까?"

"……."

"젠장……."

강갑만은 입술이 바짝바짝 마르고 있었다.

돈을 안 내자니 시간이 지나면 어쩔 수 없이 끌려가야 한다. 내야 하는 기간이 있기 때문이다.

그렇다고 돈을 내자니 야쿠자가 당장 피해자들에게 연락하려고 할 게 뻔했다.

하지만 안 좋은 일은 혼자 오지 않는다고 했다.

"큰일 났습니다!"

변호사가 창백한 얼굴로 달려왔다.

그 얼굴을 본 강갑만은 더럭 겁이 났다.

"큰일이라니?"

"판사가…… 돈을 돌려줬습니다!"

"뭐라고!"

자신이 돈을 낼 수가 없어서 변호사에게 부탁해서 간신히 융통한 뇌물이다.

어차피 벌금은 하루에 500만 원씩 처리하면 금방 해결할 수 있기 때문이다.

그런데 돈을 돌려주다니.

"상대방 변호사가 노형진이었어요!"

"뭐?"

형사는 변호사가 표면적으로 드러나지 않는다. 그래서 강갑만의 변호사는 상대방이 누군지 알지 못했다.

하지만 판사를 만나고 나서야 상대방이 노형진이라는 것을 알게 되었다.

그런데 노형진은 상대방 판사가 뇌물을 받거나 비상식적인 판결을 내리면 그를 파멸시키는 것으로 유명하다.

"누구를 죽이려고 작정했느냐면서 노발대발입니다."

강갑만은 침을 꿀꺽 삼켰다.

안 그래도 위험한 상황이다. 그런데 도리어 판사의 심기를 거슬렀다?

"어쩔 거야! 어! 어쩔 거냐고!"

강갑만은 변호사를 마구 몰아붙였다.

이대로는 인생이 파멸로 달려갈 수밖에 없기 때문이다.

하지만 그건 변호사도 마찬가지였다.

"전 이번 사건에서 빠지겠습니다."

"뭐라고?"

"다른 변호사를 알아보세요. 죄송합니다."

변호사는 다급하게 강갑만의 사무실에 나왔다.

상대방이 노형진이라는 사실에 등골이 서늘했기 때문이다.

물론 정상적인 변호사라면 상관없다.

하지만 그는 정상적이지 않은 변호사였기에 노형진을 두려워할 수밖에 없었다.

"이럴 수가……."

강갑만은 그대로 그 자리에 털썩 주저앉았다.

⚖

강갑만은 다급하게 어떻게든 사건을 무마하려고 했다.

하지만 이미 상황은 돌이킬 수 없는 지경까지 이르렀다.

"이걸 돌려드리겠습니다. 제발 용서해 주세요."

결국 자신이 사기 쳤던 돈을 가지고 와서 벌벌 떠는 그를 보면서 노형진은 고개를 끄덕거렸다.

"뭐, 일단은 받아들이지요."

"감사합니다. 감사합니다."

돈을 돌려줬으니 한 건은 끝났다고 생각했다.

그러나 노형진은 당한 만큼, 아니 그 이상으로 돌려주는 사람이었다.

아버지가 잃은 돈을 돌려받기는 했다. 하지만 과연 그가 다른 사람의 돈까지 돌려줄까?

'그럴 리 없지.'

이번 사건은 자기 주도하에 벌어진 사건인 만큼 자신과 자신의 아버지에게만 돌려줄 게 뻔했다.

"하지만 취하는 못 해 드립니다."

"네?"

감사하다고 고개를 푹 숙이고 있던 강갑만은 고개를 번쩍 들었다.

"피해자가 몇 명인데 고작 3천으로 어떻게 피해를 복구합니까?"

"아니, 그건……."

노형진은 씩 웃으며 새로운 서류를 꺼내 그의 앞에서 흔들었다.

"이게 뭔지 아세요?"

"그게 뭔데요?"

"다른 분들이 써 준 의뢰서입니다. 당신이 사기 친 3억에 대한 의뢰서요."

"의…… 의뢰서……."

"이 3천만 원, 그분들에게 나눠 봐야 한 분당 몇백이에요.

그거 받고 합의서를 써 줄 수는 없지요."

강갑만은 혼이 나간 듯한 얼굴이 되었다.

"아, 그리고 아실 거라 생각하는데⋯⋯."

노형진은 미소 지으며 품에서 한 장의 서류를 더 꺼내 들었다.

"법원에서 아마 댁으로 보냈을 텐데."

"그건⋯⋯ 설마⋯⋯!"

"노역 유치 결정입니다, 3년 꽉 채워서."

강갑만은 손이 부들부들 떨렸다.

그때 그런 그의 뒤에서 야쿠자들이 나타나 그의 어깨에 손을 올렸다.

"3년 후에 뵙겠습니다, 후후후."

야쿠자들과 강갑만이 돌아간 뒤 노형진은 피식 웃었다.

"남은 재산 다 들고 오겠네."

"그런다고 해서 바뀌는 건 없어."

"그렇지?"

3년간 노역이 끝나고 나면 그 후에는 몰수되는 돈을 내야 한다.

물론 그가 횡령했던 돈을 가지고 온다고 하면 민사적인 배

상은 안 해도 되니 그만큼 야쿠자들에게 끌려가서 고생할 일
은 없겠지만.

"몰수된 자산을 갚으려면 결국 야쿠자들이 끼어들겠지."

설사 아니라고 해도 결국 야쿠자들은 어떤 식으로든 그를
벗겨 먹을 것이다.

"깡이라고 해야 하나. 사기꾼들, 왜 그래?"

'직업소개소'에 대한 소문이 제법 퍼졌다. 그런데 여전히
사기를 치는 놈들이 넘쳐 난다.

"뭐, 인간은 원래 어리석고 같은 실수를 반복하니까."

"인터넷 명언이구나."

"그렇지. 인터넷에 도는 말이지만 명언이라고 불리는 데
에는 다 이유가 있다니까."

노형진은 어깨를 으쓱하며 말했다.

"과연 얼마 만에 돈을 가지고 올지 내기할까?"

그러자 손채림은 혀를 날름 내밀고는 후다닥 도망가 버렸다.

그걸 본 노형진은 피식 웃다가 전화기를 들었다.

"아버지, 저예요."

오늘은 부자 사이에 할 말이 참 많을 것 같았다.

도심의 드라이버

택시 운전기사.

사람들이 생각하는 택시 운전기사의 이미지는 그다지 좋
지 못하다.

단순히 좋지 못한 정도가 아니라, 대부분 택시 운전기사라
고 하면 막장이라고 생각하는 경우가 많다.

"그래서 억울합니다!"

"그걸 저희한테 말하셔도……."

노형진은 머리를 북북 긁었다.

이들이 아무리 아니라고 해도 이미지를 확 바꿀 수는 없다.

"질이 나쁜 녀석들 때문에 우리가 망하게 생겼어요!"

"이해는 합니다만……."

노형진에게 찾아와서 소송을 의뢰하려고 하는 사람들은 다름 아닌 택시 운전기사들이었다.

　　그들은 자신들의 자리를 위협받는 정도를 넘어서 생계 자체가 불투명하다고 주장하고 있었다.

　　"이건 사건이고 뭐고 아무것도 아닙니다만."

　　"아무리 그래도, 이러다가 우리가 천하의 개쌍놈이 되게 생겼단 말입니다. 제 딸이 창피하다고 눈도 안 마주칩니다."

　　"그거야 참으로 안타까운 말씀입니다만, 저희는 변호사지 이미지 컨설턴트가 아니라서요."

　　"어떻게 안 되겠습니까?"

　　"죄송합니다."

　　"하아……."

　　결국 한숨을 쉬고 나가는 택시 운전기사들을 보면서 노형진은 씁쓸하게 미소 지었다.

　　"또 온 거야?"

　　"그래."

　　바깥에 있던 손채림은 우르르 몰려 나가는 기사들을 보면서 머리를 절레절레 흔들었다. 벌써 몇 번째다.

　　"아니, 왜 안 되는 걸 자꾸 요구하는 거야?"

　　"그러게. 도대체 왜 내가 이미지 컨설턴트로 소문이 난 건지 모르겠네."

　　"네가 이런 사건을 많이 해결해서 그런 거잖아."

"뭐, 그거야 그런데."

노형진은 사건을 해결할 때 단순히 해당 사건을 이기고 법적으로 승리하는 것만 생각하지 않는다.

그들이 공인인 경우 이미지도 제대로 회복시키거나 전보다 더 좋게 만들려고 노력한다.

그 덕분에 '이미지 컨설턴트'에 재능이 있다는 말을 많이 듣기는 하지만.

"그건 그거고 이건 이건데 말이지."

사건도 안 가지고 와서는 무조건 이미지만 바꿔 달라고 하다니.

"뭐, 다급하기는 하겠지만."

"쩝…… 법이 지랄이지, 뭐."

그들이 일하는 회사는 '한수택시'라는 업체였다.

그런데 요 근래 들어서 택시 업계에서 택시 운전기사를 구하는 게 쉽지 않아졌다. 워낙 사람들에게 이미지가 안 좋은 것도 있지만 한수택시는 더 그랬기 때문이다.

"세 달 사이에 네 번이었나."

"아니, 다섯 번."

"한 번 더 늘었냐? 이건 뭐 범죄의 전당도 아니고."

한수택시는 택시 운전수를 구하지 못하자 신청자를 닥치는 대로 받기 시작했다.

문제는 그 안에 전과자들이 다수 있었다는 것.

"전과자라고 해서 무조건 기회 자체를 주지 말아야 된다는
건 아니지만…….."

하지만 최소한의 검증은 해야 했다.

그런데 한수택시는 그 최소한의 검증도 하지 않았다.

그 바람에 지난 세 달간 강간 한 번, 성추행 두 번, 술에
취한 손님 지갑을 턴 게 한 번이었다.

그런데 또 사건이 터지다니.

"이번에는 또 뭔데?"

"감금이랑 폭행."

"뭐?"

"학생을 고속도로에 버렸어."

"무슨 소리야?"

"너, 인터넷 안 봤구나."

어떤 학생이 다급하게 택시를 탔다. 하지만 타고 나서야
지갑이 없다는 걸 알았다.

"그런데 그 학생이 미안한 마음에 경찰서로 가자고 했거
든, 경찰서에 가서 자기가 부모님한테 연락해서 내준다고."

"그런데?"

"이 미친놈이 화가 난다고 고속도로에 올라타고는 도로 한
복판에 학생을 내던졌어."

"강제로?"

"강제로. 그래서 폭행이 엮인 거고."

"미친 새끼."

당연히 잔뜩 겁먹은 학생은 안 내리려고 했고, 운전기사는 그 학생을 발로 차면서 강제로 차에서 내리게 해서 집어 던지고는 그대로 줄행랑을 친 것이다.

"알고 보니까 그 인간이 전과 4범이더라고. 그것도 폭행으로다가."

"쯧쯧."

단시일 내에 이런 사건이 많이 터지니 한수택시는 믿고 거르는 택시가 되어 버렸고, 운전기사들은 이러다 죽는다면서 몰려왔다.

"방법이 없는 거야?"

"없지."

노형진은 어깨를 으쓱했다.

"물론 대놓고 말하면 없지는 않아. 하지만 저 사람들이 싸울 생각이 없잖아. 만일 싸울 생각이 있다면 우리한테 정식으로 의뢰를 했겠지."

그런데 그들은 의뢰는 하지 않고 그저 불쌍한 척만 하고 있었다.

"결국은 자업자득이야. 자기들이 선택한 거라고."

노형진은 어깨를 으쓱하며 말했다.

"자기가 싸울 생각이 없는데 남이 뭘 어떻게 구해 줘? 남한테 무작정 구해 달라고 매달리면 안 되지. 내가 싸워서 쟁

취해야지."

"잔인한 말이기는 한데……."

손채림도 고개를 끄덕거렸다.

현실은 잔인하다.

남이 불쌍해서 도와주는 사람도 있지만, 그건 어디까지나 임시방편일 뿐이다.

"이런 문제는 자신이 나서지 않으면 결국 똑같아."

그리고 저들은 아직 나설 생각이 없었다.

"뭐, 정 다급하면 다시 오겠지."

노형진은 어깨를 으쓱하면서 안으로 들어갔다.

"시간은 없고 사건은 밀렸구먼. 일하기 싫다."

"이참에 광고로 나가지그래, 일하기 싫으면? 광고 천재 노형진, 어때?"

"드라마 찍냐? 그리고 그게 얼마나 박봉인데."

"네가 광고를 박봉이라고 하면 안 되지. 넌 광고를 써야 하는 사람이지 광고를 만들어 주는 사람은 아니잖아?"

손채림은 피식거리면서 웃었고, 노형진도 피식 웃으며 자리로 돌아가 사건에 집중하기 시작했다.

⚖️

사건은 그렇게 잊혀 가는 듯했다.

하지만 채 2주도 지나지 않아서 전혀 새로운 상황이 벌어졌다.

"많이 다치셨네요?"

얼굴에 멍이 든 모습으로 등장한 사람들은 다름 아닌 택시 운전사들이었다.

그들은 전과 다른 모습으로 나타나서 고개를 푹 숙였다.

"어떻게 된 겁니까?"

"맞았습니다."

"네? 누구한테요?"

"다른 택시 운전기사들한테……."

그 말을 하면서 고개를 푹 숙이는 남자들.

노형진은 그걸 보고 고개를 갸웃했다.

아무리 막장이라 욕먹는 택시 운전기사들이라고 하지만 이유도 없이 사람을 때리지는 않는다.

그렇다고 자기들끼리 싸운 거라고 하기에는 이해가 가지 않았다.

그런 거라면 경찰서를 가지, 자신을 찾아오지 않았을 테니까.

"아무래도 자세한 이야기를 들어 봐야겠군요."

노형진은 그들을 데리고 사무실 안으로 들어갔다. 그리고 그들의 이야기를 듣기 시작했다.

그들의 이야기는 상황이 최악으로 치달았다는 것을 알려주고 있었다.

"그 녀석들이 자기 말을 안 듣는다고 폭행했습니다."

"그 녀석들이라고 하면?"

"전과자 출신 운전기사들요."

"흐음……."

현행법에서는 전과자의 취업을 제한하는 규정이 거의 없다.

그 때문에 전과자라고 해도 취업 시 불이익을 받지 않는 것이 보통이다.

물론 일반적으로는 기업체에서 자체적으로 거른다.

하지만 택시 운전기사의 경우는 그렇지 못하다.

'아무래도 운전기사들이 많이 부족하니까.'

택시 회사에 속한 차량은 놀리면 손해다.

그러니 어떻게 해서든 굴려야 하는데 사람은 없고, 결국 한수택시는 전과자들을 받아들였다.

그 결과 사고가 빈번한 판에 이제는 같은 회사 동료 사이에서도 폭행이 일어난 모양이었다.

"그런데요? 그들이 무조건 팬 겁니까?"

"그건 아니고……."

"그러면요?"

"택시 운전이라는 것이 사실 정해진 코스를 다니는 건 아니지만 돈이 되는 코스는 따로 있거든요."

"돈이 되는 코스요?"

"네. 가령 역 같은 곳요."

"아, 알지요."

전에 한번 택시 기사들과 싸운 적이 있다.

그때는 성화에서 조직원들을 받아서 키우려고 만든 곳이 었지만 말이다.

"역 같은 곳에서는 아무래도 대중교통이 잘되어 있으니까."

가까운 곳으로 가는 사람들은 당연히 사람들은 버스 같은 것을 이용하려고 하지 비싼 돈을 주고 택시를 타려고 하지 않는다.

그래서 역에서 택시를 타는 사람들은 좀 멀리 가는 경우가 많다.

"그런데요?"

"그런데 그 녀석들이 그곳을 독점하려고 하더라구요."

"독점? 아아, 무슨 말인지 이해했습니다."

노형진은 고개를 끄덕거렸다.

'미래에도 문제가 되더니. 아니, 슬슬 문제가 되는 시점인가?'

질이 안 좋은 택시 운전기사들이 생기면서 그들은 돈이 좀 되는 승강장을 점거하고 자기네 파벌만 받아들이려고 했다.

당연히 그 파벌이라는 것은 자신들이 알고 지내는 조직원들, 그러니까 전직 범죄자 출신들을 뜻한다.

"그런 곳에 차를 대면 폭행을 해서……."

"그렇게 되는군요."

"네?"

"아니…… 그런 게 있습니다."

'이때쯤이구나.'

이건 역사에서도 벌어진 일이다.

택시 업계에 많이 들어온 범죄자들이 손잡고 다른 운전기사들을 핍박하는 것 말이다.

그 때문에 기존의 운전기사들이 어쩔 수 없이 기업 택시를 떠나고 그 자리는 다시 범죄자들이 들어오는 악순환이 반복되는 것이다.

'경찰에 신고해 봐야 방법이 없지.'

노형진은 고개를 흔들었다.

처음에는 운전기사들도 어떻게 해서든 들어가려고 경찰에 신고하고 별짓을 다 했다.

하지만 명확한 증거도 없거니와 택시 운전한다는 것 자체가 기동력을 가지고 있다는 뜻이다. 그러니 튀면 그만이다.

거기에다 택시 운전기사를 하기 위해 함께 들어온 범죄자들이 하나의 카르텔을 구성하면서 택시 기업 자체가 하나의 범죄 조직처럼 운영되었기 때문에 한 명을 신고하면 다른 사람들이 신고한 사람에게 린치를 가하곤 했다.

"린치를 당하신 거군요."

고개를 푹 숙이는 남자들.

"같은 택시 회사 사람들을 이렇게 두들겨 팰 정도라면 개인택시 같은 경우는 답이 없겠네요."

"네."

"그래서 회사에 항의는 해 봤습니까?"

"해 봤지요."

하지만 택시 회사는 들은 척도 하지 않았다.

어차피 그들은 돈만 받으면 그만이고, 그 와중에 벌어지는 권력 싸움은 자기들이 알 바 아니라는 식이다.

'원래 그렇지.'

책임지려면 그들을 다 잘라야 하는데, 그러면 아무리 못해도 3분의 1 이상의 운전기사를 잘라야 한다.

그러면 그 피해는 어마어마해진다. 차량의 3분의 1이 놀아야 하기 때문이다.

"그래서요? 싸울 결심은 서신 겁니까?"

"……."

"전에도 말씀드렸지만 싸울 결심을 하지 않으면 저희가 해 드릴 수 있는 일은 없습니다."

노형진은 그들에게 선을 딱 그었다.

싸울 생각이 없는 사람을 데리고 싸워서 이겨 봐야 그들은 그렇게 싸워서 얻은 권한과 이득을 지키지 못하니까.

"싸우고야 싶지요. 하지만 방법이 없습니다."

"왜요?"

"신고도 해 보고 다 해 봤지만 저들이 처벌받지는 않았다고요."

"고작 그것 때문입니까?"

"그리고 그런 일을 저지르면 회사에서 잘리는 판국이라……."

아마도 그런 사람들이 대부분일 것이다.

막장이라고 무시당하는 것이 대한민국의 택시 운전기사.

특히나 기업 택시를 모는 사람들은 그렇게 많이 무시당한다.

물론 그들이 다 막장은 아니다.

사실 운전도 쉬운 일은 아니다. 그들이 그런 오해를 받는 가장 큰 이유는 그렇게 걸러지지 않는 범죄자들 때문이다.

"저희는 잘리면 갈 데가 없습니다."

한평생 운전만 하던 사람들이 다른 곳에 취업하는 것은 어려운 일이다.

길을 모르는 것? 그건 요즘은 문제가 안 된다.

그냥 내비게이션에 목적지만 입력하면 알아서 다 데려다주는 데다, 어지간한 사람들은 택시 운전사보다는 차라리 내비게이션을 더 믿는다.

"저희는 몇 주째 사납금도 못 채우고 있어요."

사납금을 채우기 위해서는 많은 손님을 태워야 하는데, 손님을 태울 수 있는 요충지는 모조리 그들이 선점하고 접근하면 서슴없이 주먹질을 한다.

신고해 봐야 경찰은 얼굴만 삐쭉 내밀고 돌아가 버릴 뿐, 그리고 그 후에 다시 보복 폭행이 벌어지는 것이다.

'아마 경찰과 결탁했다던가?'

노형진은 기억난다는 듯 고개를 끄덕거렸다.

경찰은 이 모든 걸 알면서도 모른 척했다. 이미 그들과 붙어먹었기 때문이다.

"이대로는 우리 모두 죽습니다."

팔에 깁스를 한 남자는 절망적으로 말했다.

"팔도 다치신 겁니까?"

"인대가 늘어났습니다만……."

"운전은 못 하겠군요."

"네."

그들은 심하게 다치게는 하지 않는다. 그러면 경찰이 끼기 때문이다.

하지만 절묘하게 운전을 못 할 정도로 다치게 만든다.

이 남자의 경우 오른손에 깁스를 하고 있다. 그러면 왼손으로만 운전해야 하는데, 사실상 그건 거의 불가능하다. 반응 속도도 느려지고 말이다.

"팔과 다리라……."

누가 봐도 차를 운전하는 데 꼭 필요한 부분에 작은 상처를 내는 것이다.

"이러면 참……."

그러면 경찰에 잡힌다고 해도 크게 처벌받을 정도는 아니다. 하지만 저들은 운전하기 힘든 상황이 된다.

설사 그들이 나간다고 해도 팔다리에 깁스를 하고 있는 기사의 택시에 사람들이 마음 편하게 타지는 못할 것이다.

"계획적이군요."

하지만 신고한다고 해도 간단한 타박상과 염좌 정도는 그다지 처벌이 강한 것도 아니다.

'알고 한 거군.'

노형진은 눈을 찌푸렸다.

알고 하지 않는다면 이런 식으로 팔다리만 노리지는 않을 것이다.

"내가 이럴 줄 알았습니다만."

"아셨다고요?"

"인간은 뻔하거든요."

노형진은 한숨을 쉬면서 말했다.

"누구든 세력을 만들기를 원하지요. 심지어 전혀 상관없는 업종도 그런데, 뭉치기를 좋아하는 범죄자들은 더욱 그렇지요."

더군다나 그런 자들은 교도소에서 만나서 친목을 다진다.

좋게 말해서 친목이고, 결국 교도소에서 하나의 집단을 만들어 나와서 범죄를 함께 저지르는 일도 흔하다.

"그런 놈들은 같은 부류끼리 뭉쳐서 조직을 집어삼키려고 하지요."

"……."

"사람들이 범죄자를 안 쓰려고 하는 건 편견이라는 말이 있지요. 하지만 이유 없는 편견은 없습니다."

물론 그런 사람들이 드물 수도 있다. 소위 말하는 일부일 수도 있다.

하지만 미꾸라지 몇 마리가 냇물을 흐린다는 말처럼, 저들은 이런 식으로 뭉쳐서 세력을 만들고 조직을 확장하려고 하면서 주위에 피해를 준다.

"그래서 개심을 하려고 하는 자들은 과거의 사람들과 완전히 연을 끊습니다."

하지만 그들은 그러지 않는다.

빈자리가 생기면 과거 자신의 범죄 동기나 감방 동기에게 연락해서 취업시키고 세력화하여 다른 사람들을 쫓아낸다.

기업은 돈만 받으면 그만이니 그 행위를 방치하고 말이다.

'하여간 법이 개판이야.'

전과자들을 선도하는 것도 좋지만 그들이 뭉치지 못하게 하는 것도 정부에서 해야 하는 일이다.

그런데 그걸 방치하다 보니 그들이 자꾸 범죄를 저지르는 것이다.

조직은 언제나 개인보다 강하니까.

"그러면 어떻게 합니까?"

운전기사들은 사색이 되었다.

안 그래도 점점 나가는 사람이 많아지면서 질이 안 좋은 사람들의 비중이 더 커지고 있었다.

'한수택시'라는 브랜드 자체가 사람들이 믿고 거르는 수준인지라 더욱 그랬다.

"차라리 다른 택시 회사로 가시는 건 어때요?"

"그런다고 해서 상황이 나아지는 게 아니라서요."

간다고 한들 저들의 패악질이 사라지진 않는다.

물론 회사에서 부딪치는 않겠지만 어차피 지금도 차를 배정받아서 나가면 만날 일은 없다.

"돈이 되는 곳을 자신들이 선점하고 다른 사람들을 접근하지 못하게 하는 게 문제라서……."

"으음……."

노형진은 고민하면서 턱을 스윽 문질렀다.

'그리고 보니…… 이때쯤이던가? 아니구나. 좀 더 있어야 하는구나.'

노형진은 문득 회귀 전 과거를 생각했다.

이런 택시 업계의 문제로 인해 결국 '조합택시'라는 것이 생겨난다.

이러한 기업들의 극단적 착취를 피해 운전기사들이 스스로 택시 회사를 만든 것이다.

'문제는 운영권인데…….'

조합택시란 사납금을 내고 택시를 받아 가서 운전하는 게 아니라 조합원으로 자신들이 정해진 차량을 운전하는 것이다.

기본적으로 운영 방식은 비슷하지만 운전사가 조합원으로

서 권리를 가진다는 점 때문에 많이 달랐다.

특히나 사납금이 없기 때문에 택시 운전기사가 가지고 가는 수익이 매달 100만 원 이상 차이가 나서, 2,500만 원의 조합비를 내야 함에도 불구하고 많은 운전기사들이 그곳에 들어가기를 원했다.

'하지만 자격이 문제였지.'

일단 전과자 등을 거르는 건 기본이다.

문제는 택시를 운영하는 것이 신고제가 아니라 허가제라는 것.

그리고 현재 택시는 포화 상태라서 정부에서는 추가 허가를 내줄 생각이 없다는 것이다.

'웃긴 일이지.'

택시 업계는 돈이 안 벌린다면서 택시비 인상을 요구한다. 그리고 택시비가 오르면 사납금이 오른다.

그런데 요금이 비싸지면 택시 타는 손님은 더 줄어들어서 운전기사는 사납금을 제하고 나면 더 손해를 보기 때문에, 정작 기업에 속한 택시 운전기사들은 택시비 인상을 거부한다.

그러나 기업들은 그걸 알면서도 사납금을 올리고 더 착취하기 위해 택시비 인상을 요구하는 것이 현실이었다.

"방법은 하나뿐입니다."

"하나뿐요?"

"네, 여러분들이 이 업계에서 퇴출되는 겁니다."

노형진의 말에 운전기사들의 얼굴이 시퍼렇게 변하기 시작했다.

노형진은 수많은 택시 운전기사들에게 계획을 설명하기 위해서 단상에 섰다.

오늘 모임은 비밀리에 벌어지는 일이다.

물론 얼마 지나지 않아서 택시 회사에서도 알겠지만, 그때쯤이면 이미 사건은 진행되고 있을 시점일 것이다.

"지금 가장 큰 문제는 바로 현재 택시 업계의 고질적인 갑질 구조입니다. 돈을 벌수록 택시 운전사는 더 가난해지고 기업은 더 윤택해지죠."

노형진은 사람들을 모아 두고 천천히 이야기를 시작했다.

"택시 업계는 매년 이런저런 이유로 택시 요금의 인상을 요구합니다. 기본적으로 그들의 요구는 택시 운전사들이 생계에 못 미치는 돈을 번다는 것을 이유로 삼고 있습니다."

노형진의 말에 다들 고개를 끄덕거렸다.

한두 번 당한 게 아니다. 말로는 자신들을 위하지만 절대 그렇지 않다는 걸 그들은 안다.

"그래서 택시비를 올리면 그다음 날 바로 사납금을 올리죠."

"맞아요! 그런데 택시 요금이 올라가면 타는 손님은 더 줄

어든단 말입니다!"

그러니 당연히 택시 운전사들의 입장에서는 잘해 봐야 본전이다.

"제가 알기로는 택시 운전이 과거에는 상당히 많이 버는 직종이라고 들었습니다. 그런데 여러분들, 지금 보통 얼마 정도 버시죠?"

"그……."

차마 창피해서 말하지 못하는 사람들.

과거 80년대와 90년대까지만 해도 택시 운전기사는 부자소리는 못 들어도 중산층은 되는 사람들이었다. 그런데 현재는 극빈층이다.

"제가 알기로는 여기서 제일 적게 버는 분이 130만 원인데요. 많이 버는 분도 200만도 안 될 겁니다. 말 그대로 최저임금 이하로 벌고 계신 거죠. 아닌가요?"

"맞습니다."

누군가 결심한 듯 입을 열었다.

그는 눈에 불을 켜고 이를 악물었다.

"저, 지난달에 80만 원 벌었습니다. 지지난달에는 60만 원, 세 달 전에는 110만 원이었지요."

"이…… 이보게, 김 씨!"

젊어 보이는 남자가 언성을 높이자 옆에 있던 다른 기사가 깜짝 놀랐다.

"아저씨, 저도 배운 거 없고 생활이 막장이라 여기까지 왔지만, 이건 아니라고 봐요."

그 남자는 이를 악물었다.

취업이 안 되는 상황에서 부모님의 병원비를 벌어야 해서 어쩔 수 없이 오기는 했다.

다행히 그는 군대에서 운전병이었던 덕분에 택시 운전기사로의 취업은 어렵지 않았다.

"하지만 병원비는커녕 제 입에 풀칠하기도 힘든 지경이라고요!"

"그거야 알지만……."

"'알지만'이 문제가 아니에요! 또 택시 요금을 올린다잖아요! 그게 무슨 뜻인지 모르세요? 수익이 더 줄어들 거라는 뜻이라고요!"

"으음……."

"씨발, 사납금으로 하루에 1만 원씩 더 올리면 우리 죽으라는 소리밖에 더 돼요?"

정부에서 택시 요금 인상안을 내놓기 무섭게 회사에서는 하루에 1만 원씩 사납금을 올린다고 예고한 상태다.

"지금도 하루에 13만 원씩 사납금을 내놔요! 말로는 관리니 어쩌니 하지만 씨발, 그 애들이 해 주는 게 뭐가 있는데요?"

"아이고, 김 씨."

나이가 많은 운전기사는 걱정스럽다는 듯 그를 만류하려

했다.

"가스비도, 보험료도 우리가 내잖아요! 관리요? 씨발, 어차피 차 나오고 일정 기간 동안은 자동차 회사에서 관리하지, 그 애들이 관리해요?"

"……."

"아저씨도 뭐라고 말 좀 하세요. 아저씨도 택시 불법 변경한 거잖아요!"

"불법 변경?"

"네, 사실 아저씨가 타는 차는 사고가 크게 난 차예요."

그런 차는 폐기 처분이 답이다.

그런데 기업에서는 그런 차를 폐기하는 대신에 이리저리 다른 부품들을 짜 맞춰서 움직일 수 있게 해서 배차한다.

과거에는 심한 경우 사고가 난 두 대의 차 중 사고 난 앞면과 뒷면을 잘라서 붙여 내보낸 일도 있었을 정도로, 기업들은 안전에 관심이 없었다.

"친구들한테 택시 운전한다고 하면 개무시당해요. 제 친구들이 그러더라고요, 너도 드러눕냐고. 이게 무슨 개쪽이에요!"

워낙 이런 식으로 착취가 심하니 운전기사들은 차라리 사고가 나는 걸 원한다.

일단 사고가 나서 드러누우면 보험사에서 돈이 나오는데, 그 돈이 택시 운전으로 버는 돈보다 훨씬 많기 때문이다.

그러니 저절로 운전기사들의 운전이 거칠어질 수밖에 없다.

"내 목숨 걸고 일하는데 돈은 다 회사가 벌어 가잖아요!"

남자가 화를 내자 다들 어쩔 수 없다는 듯 고개를 푹 숙였다.

"막말로 지금은 사납금도 채우지 못하는 경우가 더 많잖아요! 안 그래요?"

가뜩이나 힘든 상황에서 범죄자들이 들어오고 그들이 돈이 되는 자리를 강제로 빼앗자 요즘은 아예 사납금도 채우지 못하는 경우도 있었다.

결국 일하면 일할수록 빚이 늘어나는 구조가 되어 버린 것이다.

"내가 총대 멜게요. 어차피 저는 나이도 어리니까 퇴출되어도 갈 데 많아요!"

그는 당당하게 말했다.

하지만 대부분의 운전사들은 고개를 숙였다. 무서운 것이다.

'무섭기는 하겠지만…….'

노형진은 한숨을 쉬었다.

저들은 무섭겠지만 이번 사건은 누구 한 명 총대를 멘다고 해서 해결될 수 있는 문제가 아니었다.

"죄송합니다만 이건 한 명이 총대를 메는 걸로 해결할 수 없습니다. 여러분들이 모두 나서야 해결이 가능합니다."

"뭐라고요?"

"제가 생각하는 것은 다름 아닌 조합택시입니다."

"조합택시?"

"그렇습니다. 조합택시라는 것은 여러분들이 주인이 되어서 운영하는 기업입니다."

원래 역사의 조합택시는 여러 사람들이 모여서 만들어 낸 것이다.

그들은 돈을 모아서 적자로 망해 가는 택시 회사의 운영 자격을 구입했고, 그 후에 협동조합 형태로 운영하며 적지 않은 수익을 내는 데 성공했다.

개개인이 적게는 70만 원, 많게는 150만 원까지 수익이 더 늘어난 것이다.

"그런 게 가능합니까?"

"가능합니다."

노형진은 조합이라는 형태를 선호한다.

왜냐하면 조합은 결국 자기가 자기 책임을 지는 것이기 때문이다.

물론 조합이라고 해서 100% 성공할 수는 없다.

하지만 그게 망하면 조합원들이 스스로 잘못한 것이다.

누가 실수한 것도 아니고 사장이 갑질을 한 것도 아니다. 스스로 제대로 하지 않았으니 그 책임을 지는 것이다.

"기본적으로 조합의 취지는 스스로 한 만큼 받아 간다는 겁니다."

"하지만 조합을 만들기 위해서는 돈이 필요하잖아요?"

"아마도 1인당 2,500만 원 정도라고 생각합니다."

노형진이 기억하기로는 회귀 전에 그 정도의 돈이 들었다고 했다.

자신이 나서면 그것보다 더 깎으면 깎았지 더 내지는 않을 것이다.

"으음……."

다들 어쩔 줄 몰라 했다.

하고는 싶다. 하지만 그들에게는 문제가 있었다.

"그런 돈이 있을 리 없지 않습니까?"

아까 젊은 남자를 말리던 노인이 한숨을 쉬며 말했다.

"아까 김 씨의 말대로 우리는 돈이 없어요. 사납금 채우는 것도 힘들고 결국 빚으로 살고 있는데, 어떻게 수천만 원을 내겠습니까? 거기에다 그걸 하는 동안 무조건 우리는 쉬어야 하는데."

결과적으로 돈이 없어서 그들은 아무것도 할 수가 없다는 소리였다.

물론 노형진이라고 그런 생각을 못 한 건 아니다.

사람들이 택시 운전기사보고 막장이라고 하는 것은 인성적인 문제보다는 진짜로 몰리고 몰린 사람들이 많이 가는 직장이라는 점이 부각되어서 그런 것이다.

"그래요? 제가 알기로는 여러분들 다 적지 않은 적금을 들어 놓으셨을 텐데요."

"적금요?"

"네."

"적금이라 하시면?"

"저희는 그럴 여건이 아닙니다."

노형진이 씩 웃었다.

하긴, 그들은 자신들이 모르는 적금이 들어 있다고는 꿈에도 생각하지 못할 것이다.

"아까 대답하신 분, 운전 몇 년 하셨나요?"

"나요?"

"네."

"한 20년 했지요."

"그러면 한 해에 사납금은 얼마나 내셨나요?"

"뭐, 전에는 적었고 지금은 좀 더 올랐고……."

그는 잠깐 생각하더니 뭔가 떠오른 듯 이리저리 계산하다가 고개를 끄덕거리며 말했다.

"평균을 잡으라면 한 10만 원 하겠네요."

"10만 원이라……."

노형진은 고개를 끄덕거렸다.

10만 원이면 적은 돈이 아니다.

"그게 한 달인가요?"

"아니요. 하루요."

"하루에 10만 원이죠?"

"네."

"그러면 한 달에 얼마죠?"

"쉬는 날을 빼면 한 달에 250만 정도네요."

평균적으로 25일쯤 근무하는 게 보통이니까.

"그만큼 못 벌면요?"

"우리 돈으로 채워야 하지요."

한숨을 푹 쉬는 택시 운전사들.

어떻게 해서든 사납금을 주지 않으면 자신들에게 배차가
되지 않는다. 그러니 문제다.

노형진은 머리를 흔들었다.

"그러면…… 차 가격은요?"

"네?"

"여러분들이 타는 차는 중형 아닙니까? 그 가격은요?"

"그거야 2,500만 원 정도 하지요."

"그러면 여러분들이 사납금을 낸다고 하면, 다섯 달이면
그거 뽑네요?"

"네? 어떻게요?"

"여러분만 모는 거 아니지 않습니까? 교대도 하실 텐데요."

"아! 그렇기는 하지요."

"그러면 다섯 달이면 차 한 대 값이 나오네요? 제가 알기
로는 택시 운행 제한이 30만 킬로미터라서, 그걸 채우기 위
해서는 5년쯤 타시죠?"

"네."

택시는 항시 돌아다니는 것 같지만 또 꼭 그런 건 아니다. 때로는 서서 손님을 기다리는 게 더 유리하기 때문이다.

돌아다니기 위해서는 가스를 써야 하니까.

"그러면 결과적으로. 다섯 달만 지나면 그다음부터 여러분들이 벌어다 주는 돈은 순수익이나 마찬가지라는 거네요."

"네."

물론 그들도 나름 쓰는 돈이 있다.

가령 하루에 3만 원 정도의 가스비는 지급해 준다.

하지만 현실적으로 택시를 운전하는 사람이 가스비 3만 원으로 하루 종일 차량을 몰 수는 없다.

"차량 한 대당 수억씩 매년 뽑아내는데, 억울하지 않습니까?"

노형진은 그들에게 되물었다.

하지만 그들은 어쩔 수 없다는 듯 어깨를 으쓱할 뿐이었다.

"우리도 개인택시를 하고 싶지요."

하지만 개인택시의 면허는 한정되어 있고, 그 면허의 가격은 억 단위다.

그러니 이들 입장에서는 사고 싶어도 살 수가 없는 게 개인택시 면허다.

"조합으로 하시면……."

"조합으로 성공한 곳이 없잖아요! 그런 곳이 있다면 개나 소나 다 하지요!"

그들은 억울해서 외쳤다.

하지만 노형진은 그런 곳을 안다.

"대룡에서 조합택시를 가지고 있지요. 뭐, 조합 형태이다 보니 가지고 있다고 표현하기는 애매합니다만."

"압니다. 하지만 거기는 한정되어 있잖아요!"

대룡운수에서 운영할 수 있는 택시는 여든 대뿐이다.

그마저도 거기에 들어가고 싶어 해서 줄을 선 상황이다.

그런데 한수택시의 허가 대수는 이백 대.

이들이 들어가고 싶어도 들어갈 수가 없다.

"새로운 허가요? 우리도 받고 싶지요. 하지만 정부에서 안 내줍니다! 안 그래도 감차하라고 한다는데 나올 리가 없잖아요. 우리는 대룡이 아닙니다."

대룡쯤 되면 허가받는 게 어렵지 않을 것이다.

하지만 이들은 대룡이 아니다. 당연히 허가받는 것이 불가능에 가깝다.

아니, 불가능하다.

"그러니까 여러분들더러 모이라고 한 겁니다."

"모이라니요?"

"여러분들은 사납금을 꼬박꼬박 냈지요. 매달 250만 원씩요."

"그래서요?"

"그렇지만 사납금은 불법입니다."

"압니다. 그거 모를까 봐요?"

그런데 그걸 가지고 따지면 이 바닥에서 퇴출되니까, 더 이상 먹고살 수 없게 되니까 모른 척하는 것이다.

"그래서 퇴출되어야 한다고 한 겁니다."

"뭐라고요?"

"아까 몇 년 근무했다고 하셨지요?"

노형진은 아까 대답한 남자를 바라보면서 물었다.

"20년요."

"사납금은 평균 10만 원이고요?"

"네. 지금은 더 내니까요."

과거에는 사납금이 7만 원이었다. 하지만 지금은 14만 원
이다.

야금야금 올려서 그렇게까지 올라간 것이다.

결과적으로 평균을 낸다면 10만 원 정도다.

"택시 운전기사의 처우는, 운수 사업법 21조에 따르면 월
급제로 되어 있습니다. 하지만 여러분들은 월급을 거의 안
받지요."

그들이 받는 월급이라는 것은 한 달에 40만 원 정도의 기
본급이다.

"그리고 하루 종일 일하고 사납금으로 하루 14만 원을 내
셔야 합니다. 받는 월급보다 줘야 하는 돈이 더 많지요. 뭐,
간단하게 말하겠습니다. 그들에게 준 사납금은 돌려받을 수
있습니다."

"네?"

"그걸 돌려받을 수 있다고요?"

다들 어리둥절했다.

그게 돌려받을 수 있는 돈이라고는 생각하지 못했던 것이다.

"정확하게 말해 봅시다. 한 달에 250만 원을 지급했다고 하셨지요? 회사에서 지원하는 금액을 제외하고 나면 대략적으로 1년에 사납금으로 2,500만 원을 내신 겁니다. 그리고 10년이면 2억 5천이고, 20년 하셨지요? 그러면 5억입니다."

노형진은 차근차근 그들에게 설명해 줬다.

그들은 법에 대해 잘 알지 못한다. 그러니 상세하게 설명해 줘야 한다.

"제가 여기서 중요하다고 한 것은 여러분들이 가진 그 사납금에 대한 권리입니다. 여러분들이 그걸 가지고 동시에 소송을 건다면 그들이 물어내야 하는 돈이 얼마나 될까요?"

"그……."

몇몇 사람들이 어리둥절한 표정으로 서로를 바라보았다.

계산이 되지 않았기 때문이다.

노형진은 그걸 예상이나 한 듯 미리 준비된 차트를 꺼내서 그들에게 보여 줬다.

"여러분들의 평균 근속 연수는 10년입니다. 총인원은 삼백 명이지요. 그러면 대략 75억 정도의 자금을 돌려받으실 수 있습니다."

택시 운전기사들의 입이 쩍 벌어졌다.

"그리고 저희가 조사한 바에 따르면 현재 한수택시의 시가 총액은 55억입니다."

"잠깐만…… 그 말은……."

"제가 아까 그랬지요, 여러분들 전부가 필요하다고."

모든 택시 운전기사들이 동시에 사납금에 관해 지불 소송을 하게 된다면 한수택시는 어쩔 수 없이 그걸 물어 줘야 한다.

"그들은 사회적으로 인정되는 어쩌고저쩌고하고 말겠지만 현행법상 이는 명백하게 불법입니다."

"그럴 수가……."

"물론 이 모든 돈을 다 받아 낼 수는 없습니다."

그들도 필요 비용이 있었을 테니까.

가령 현재 기준으로 하루에 그들은 3만 원씩 택시의 가스비를 지원해 주고 있다. 그렇다면 그만큼을 차감할 수가 있다.

"하지만 여기서 문제가 생기지요. 법적으로 여러분들은 월급을 받고 일하는 근로자입니다. 하지만 여러분 중에서 기본급을 받은 사람은 단 한 명도 없지요. 단 한 명도."

도리어 사납금을 채우지 못했다고 갈취당한 것이 대부분이다.

"여러분들이 한꺼번에 나서면 그들의 택시 운영권을 빼앗아 올 수 있습니다."

운전기사들은 침을 꿀꺽 삼켰다.

터무니없는 말이기는 하다. 하지만…….

'가능한 건가?'

가능할 것 같기는 하다.

당장 대룡운수는 협동조합 형태로 멀쩡하게 운영하고 있다. 그곳에서 들어가기 위해서 이력서만 넣은 게 몇 번이던가?

막말로 여기에 있는 기사들 중 거기에 이력서를 넣어 보지 않은 사람이 없었다.

이들뿐만이 아니다.

들어갈 수만 있다면 대출을 받아서라도 들어갈 각오로 대부분의 운전기사들이 이력서를 넣었다.

"새로 허가받는 게 아닙니다. 기존에 있던 업체들을 넘겨받는 거죠."

노형진은 씩 웃었다.

"하지만……."

누군가 조심스럽게 말했다.

"우리가…… 하면…… 솔직히……."

"걱정하지 마세요. 반대 의견이 없으리라고는 생각하지 않으니까요."

희망으로 눈을 반짝이는 사람들에게 자신이 한 말이 충격을 줄까 봐 조심스럽게 말하던 남자는 결국 긴 한숨과 함께 현실을 이야기했다.

"저들이 그냥 당할까요?"

"당하지 않으면 어쩔 겁니까? 법대로 하자는 건데."

"압니다. 하지만 저들 입장에서도 무슨 수든 쓰려고 할 겁니다. 막말로 주먹을 쓸지도 모르고."

막말로가 아니라 현실적으로 쓸 것이다.

아니, 쓸 수밖에 없다.

"그럴지도 모르겠네요. 이 사건은 그냥 웃으면서 넘어갈 수 있는 건 아니니까."

만일 여기서 이 작전이 성공하면 다른 회사 택시 운전사들도 같은 방법을 쓰지 말라는 법은 없다.

아니, 100% 쓰려고 할 것이다.

그렇다면 수십 년 동안 택시 운전수를 착취하면서 매달 수십억씩의 수익을 올리던 자들이 그걸 그냥 두고 볼까?

"사실대로 말하면 일부 택시 회사들은 조폭하고 선이 닿아 있기도 하고……."

누군가 말했다.

사람들의 시선이 한꺼번에 쏠렸지만 그는 이내 결심한 듯 입을 열었다.

"현실적으로 이길 수 있을지는 모르지만요, 저들은 분명히 법대로 하려고 하지 않을 겁니다. 사실 법대로 하려고 했다면 애초에 사납금도 받지 않았겠지요."

"그건 그렇지요."

"안 그래도 저들은 대룡운수과 대룡의 택시 어플 때문에 잔뜩 긴장한 상태입니다. 그런데 우리까지 나선다고요? 그러면 조폭을 보내서라도 우리 입을 다물게 할 겁니다."

한두 명도 아니고 수백 명이다. 거기에다 채권의 소멸시효는 20년.

그러니까 퇴직한 사람들까지 달려들면 단순히 회사가 날아가는 정도가 아니라 사장이 폭삭 망하게 될 수밖에 없다.

"그 부분은 걱정하지 마세요."

그 부분은 노형진도 예상했다.

사실 사람들은 잘 모르지만, 이들이 이렇게 당당하게 불법인 사납금을 받으면서도 단 한 번도 처벌받지 않은 이유는 간단하다.

그들은 조폭뿐만 아니라 정치권과도 아주 친밀한 관계를 가지고 있기 때문이다.

"범죄자들의 지능이 일반인보다 떨어진다는 것은 그냥 생긴 말이 아니거든요."

"네?"

다들 어리둥절한 표정으로 노형진을 바라볼 수밖에 없었다.

이것이 법이다

멍청하면 몸이 고생이다

　노형진이 뜬금없이 범죄자들의 지능을 이야기한 것은 다 이유가 있어서였다.

　그리고 그 덕분에 노형진의 계획은 아주 편하게 굴러가기 시작했다.

　"돈 내놓으라고!"

　"이 개새끼들아! 너희들이 그러고도 사람이야!"

　언성을 높이는 사람들.

　그리고 그들과 싸우는 직원들.

　"너희가 좋다고 준 건 언제고, 뭐? 돈을 내놔?"

　"이 새끼들 봐라?"

　"안 되겠다! 법대로 해, 법대로!"

회사 앞에서 싸우는 남자들을 보면서 노형진은 싱긋 웃었다.

"와, 진짜 멍청하면 몸이 고생이라더니, 저들은 자신들이 몸빵이라는 건 알까?"

"알면 저러고 있겠어?"

돈을 내놓으라고 언성을 높이는 사람들은 다름 아닌 택시 운전사들이었다. 그것도 범죄자 출신들.

노형진은 마치 아무것도 모르는 것처럼 천연덕스럽게 그들에게 접촉했고, 그들은 노형진의 말에 눈이 돌아가서 당장 돈을 내놓으라고 언성을 높이고 있었다.

"멍청한 거지."

"다들 그냥 눈치만 보고 있고?"

"눈치만 보고 있는 게 아니라 눈치만 보는 척하는 거지. 원래 이런 일을 할 때는 가장 좋은 게 바로 뒤에서 꿀 빠는 거야."

범죄자 출신 중에서 가장 오래 근무한 사람이 3년이고 보통 2년 정도 근무했다.

그들은 노형진이 접근해서 사납금은 불법이며 그 돈을 돌려받거나 그 돈으로 경영권을 확보할 수 있다는 식으로 이야기하자 눈이 돌아갔다.

"그래서 저렇게 미친 듯이 날뛴다는 거지?"

"그래."

3년이면 사납금만 9천만 원이다. 그걸 돌려받을 수 있다고 하니 눈이 돌아간 것이다.

"그리고 저들이 저렇게 설치면 사장은 뭐라고 생각할까?"

"자기가 자기 발등 찍었다고 생각하겠지, 뭐."

"정확해. 역시 손채림. 나의 수제자."

"수제자 같은 소리 하고 있네. 뻔한 거 아냐? 원래 조직이라는 게 그런 거잖아."

누군가는 나서서 총대를 메고 날뛰어야 한다.

그리고 지금 총대를 메고 날뛰는 것은 전과자 출신들이다.

그런 그들이 나서서 그렇게 날뛰고 있으니 만일 일이 틀어진다면 누구에게 책임을 묻게 될까?

"당연히 전과자 출신들에게 묻겠지."

"그래서 경영권을 빼앗을 수 있다는 식으로 말한 거구나?"

"그래."

그러면 자신들이 그 경영권을 가지고 올 수 있다고 생각해서 저들이 저렇게 극렬하게 싸우는 것이다.

"다른 사람들은 외부적으로는 저들의 위협에 어쩔 수 없이 합류한 것처럼 보이지. 사실 범죄자 출신들이 겁주는데 거부하기도 좀 그렇잖아?"

"와, 진짜 넌 절대 손해는 안 보는구나."

"내가 누군데, 후후후."

결국 설사 일이 틀어진다고 해도 의뢰인들에게 돌아가는 피해는 없다.

모든 피해는 범죄자들이 뒤집어쓸 것이다.

"아니, 피해라고 할 수도 없지. 이건 무조건 이익이야."

일단 사건 자체가 진행되면 회사의 입장에서는 범죄자들에게 학을 떼게 될 것이다.

쉽다고 받아들였지만 그들이 뭉쳐서 경영권까지 노렸으니 말이다.

당연히 다시는 그들을 받아들이지 않을 테고, 시간이 지나면 한수택시는 전처럼 평범한 택시 회사로 취급받을 것이다.

"가뜩이나 인력이 부족한데 사람들을 모조리 자를 수는 없을 테니 결국 주동을 한 범죄자들만 자르겠지."

노형진은 씩 웃으며 엔진에 시동을 걸었다.

"그러면 우리는 경찰서로 갈까? 우리 경찰관들이 뭐라고 하는지 두고 보자고, 후후후."

저들에 대한 공격은 지금부터였다.

⚖

"갈취?"

한수택시의 사장인 한덕배는 자신이 고발된 죄목을 보고 기가 막혔다.

"갈취라니? 내가 갈취를 한 적이 있다니, 이게 무슨 소리야?"

"한 적이 있다는 게 아니라 갈취하신 겁니다."

"무슨 개소리야!"

한덕배는 이해가 가지 않는다는 표정으로 옆에 있던 변호사를 바라보았다.

변호사는 당혹스러운 표정으로 소장을 보고 있었다.

"으음……."

"아니, 왜 말을 안 해?"

"대표님, 아무래도 이건 제 힘으로 안 될 것 같습니다."

"뭐?"

"피해액이 수백억입니다. 수백억을 갈취한 거라면 실형을 피할 수 없습니다. 전문 전관을 쓰셔야 합니다."

"자네, 무슨 소리야?"

변호사의 말에 한덕배는 자신도 모르게 목소리가 작아지면서 잔뜩 쫄아들었다.

한덕배의 변호사도 전관 출신이다. 그것도 지검장 출신 변호사.

그런데 전관을 쓰라고?

지검장 출신보다 더 대단한 전관이라면 한 번 부르는 데에만 수억짜리 전관이라는 소리가 아닌가?

"상대방이 누군지 모르지만 법적인 약점을 정확하게 뚫고 들어왔습니다."

현행법상 택시 운전사들은 노동자들이다. 그들에게서 돈을 받아 낸다는 것 자체가 불법이다.

정확하게는 갈취에 들어간다.

"이게 갈취라니! 지금까지는 문제가 안 되었잖아?"

"지금까지야 문제가 안 되었지만 지금은 문제가 됩니다."

한 명도 아니고 수백 명이 들고일어났다.

전과자들이 협박해서 어쩔 수 없이 사인을 했다고 하지만, 그들이 피해를 입은 것은 사실이다.

"아니, 우리가 돈을 내놓으라고 칼로 위협하기를 했어, 아니면 집에 가서 돈을 들고 오기를 했어?"

"그건 강도구요. 갈취는 다릅니다."

갈취는 말 그대로 상대방을 위협해서 강제로 돈을 내놓으라고 하는 것이다.

"그런데 사납금이라는 게 어떻게 보면 갈취인지라……."

"지금까지 다 그래 왔다고!"

"지금까지 그래 왔다고 해도 법적인 조항은 없지요."

그러니 당연히 불법이다.

결국 갈취라는 것은 심각한 문제가 된다.

거기에다 그 피해액도 수백억 단위다.

"그러면 그 새끼들은 번 돈을 다 내놔야 하는 거 아닌가!"

한덕배는 버럭 소리를 질렀다.

직원으로서 일을 한다면 당연히 그들이 번 모든 돈을 내놔야 하는 게 아니냐는 주장이었다.

"뭐, 그건 맞지요."

그 대답은 뒤에서 들려왔다.

고개를 돌려 보니 노형진이 웃으면서 서류를 흔들고 있었다.

"넌 뭐야?"

"저요? 저는 누군지 모르는 상대방요."

"뭐?"

이해가 안 된다는 표정으로 바라보는 한덕배.

그때 그가 누군지 알아본 변호사가 한덕배에게 귓속말로 작게 중얼거렸다.

"상대방 변호사입니다."

한덕배의 얼굴이 악귀처럼 변했다.

하지만 노형진은 그의 표정이 어떻게 변하든 신경도 쓰지 않고 커다란 카트를 밀며 경찰서 안으로 들어왔다.

"그건?"

"고발장이지요."

"고발장요?"

안 그래도 이 사건 때문에 머리에서 김이 날 것 같던 경찰은 질려 버렸다는 표정이 되었다.

밀고 들어온 카트가 한 대도 아니고 두 대다.

그의 뒤에서 손채림이 똑같은 모양의 카트에 서류를 가득 담아서 밀고 들어왔기 때문이다.

"무슨 고발장요?"

"노동법 위반요."

"노동법 위반?"

"택시 운전기사들이 노동자인 건 아시지요? 그런데 최저임금도 안 해 주셨데요?"

"그……."

"최저임금뿐이 아니지요. 퇴직연금이나 상해 쪽도 안 들어 주셨고, 국민연금은 아예 납부조차도 안 하셨고……."

노형진은 서류를 넘기면서 계속 말을 이어 갔다.

그 말을 들을 때마다 한덕배의 얼굴은 노래졌고 변호사의 얼굴은 창백해졌다.

"그리고 아까 뭐라고 하셨지요? 그러면 번 거 다 줘야 하는 거 아니냐고? 맞습니다. 그건 맞는데요. 그런데 그렇게 지급된 월급도 사납금 못 맞췄다고 까시고, 거기에다가 법정 최저 휴식 시간이나 휴가도 안 주시고……."

애초에 택시 운전기사의 계약관계는 참으로 미묘하다.

계약직도, 월급을 받는 직원도 아니다.

물론 법적으로 신분이 정해져 있지만 택시 회사에서는 자기들이 유리한 것만 받아들여서 적용하고 있었다.

"이건 뭐, 하도 범죄가 많아서 한두 번 옮기는 걸로는 안 되겠는데요."

농담이 아니라, 서류를 방 안에 둔 손채림은 바깥으로 나가서 다른 서류를 또 가지고 들어오고 있었다.

"서류가 너무 많은데, 시간 되시는 분들은 좀 도와주시겠어요?"

심지어 다른 경찰들의 도움을 받아 가면서 고소장을 옮기고 있었다.

"갈취에 탈세에 노동법 위반에……."

노형진은 그렇게 한참을 보다가 서류를 탁 덮었다.

그리고 한덕배를 보고는 씩, 미소 지었다.

"빵에서 오래 좀 썩으셔야겠는데요?"

⚖️

노형진은 웃으며 말했지만 한덕배에게는 하늘이 무너지는 느낌이었다.

"소장은 어때?"

"차곡차곡 들어가고 있어."

노형진은 고개를 끄덕거렸다.

형사로 들어갈 건 형사로 들어가면 되고, 민사로 들어갈 건 민사로 들어가면 된다.

수백 건에 이르는 사건이다 보니 회사에 일이 쌓여서 정신이 없었다.

"그나저나 갈취라니, 그건 나도 생각도 못 했다."

"갈취지. 그것도 아주 큰 갈취지."

무려 수백 명에게 이루어진 갈취인 만큼 한덕배는 아무리

해도 사건에서 벗어나기 힘들 것이다.

"법원에서 갈취를 인정해 줄까?"

"그건 모르지. 사실 인정하지 않을 가능성이 높지만."

"뭐? 어째서? 이건 누가 봐도 갈취잖아?"

"그건 그래. 하지만 저쪽에는 정치인들이 붙어 있잖아."

"아…… 쓥."

손채림은 노형진의 말에 자신도 모르게 입으로 소리를 냈다.

"뻔하지. 관례라는 식으로 넘어가려고 하겠지."

"하지만 그러면 현행법 위반 아니야?"

갈취를 인정하지 않으려면 그들이 직원이라는 것을 인정해야 한다.

그런데 현행법상 택시 운전기사의 신분은 월급을 받는 직원으로 못 박혀 있다.

"이 모든 것에서 벗어나기 위한 방법은 하나뿐이야. 자신이 택시 운수 사업이 아닌 렌트 사업을 했다는 걸 인정해야 하는데, 그러면 아무리 최저임금 이하라고 하지만 기본급을 줬다는 것과 의료보험을 해 준 것이 문제가 되거든."

"그런가?"

"거기에다 저들이 낸 사업 허가는 운수 사업이지 렌트 사업이 아니야. 그러면 그가 가지고 있는 택시 전부가 불법으로 대여 사업을 한 셈이 되지."

"끄응…… 복잡하다."

"복잡하게 생각할 필요는 없어."

결국 그가 무슨 선택을 하든 현행법에 걸린다는 소리다.

그리고 그로 인한 처벌은 피할 수 없고 말이다.

그때였다.

"저기, 변호사님. 손님이 오셨는데요?"

직원은 약간 곤혹스러운 표정으로 조심스럽게 말을 꺼냈다.

"손님이?"

아무런 약속도 없이 손님이 오는 경우는 드물다.

의뢰인이라면 의뢰인이라고 말하면서 사건 기록을 가지고
왔을 것이다. 그리고 저렇게 당혹스러운 표정을 하지도 않았
을 테고.

"일단 들어오라고 하세요."

직원이 여기까지 왔다는 것은 자기 선에서 걸러 낼 수 없
는 사람이라는 뜻.

노형진은 손님을 들여보내라고 의사를 전했다.

잠시 후, 양복을 입은 남자가 거들먹거리면서 사무실 안으
로 들어왔다.

"누구신지?"

"이런 사람입니다."

그는 품에서 자랑스럽게 뭔가를 꺼내서 건넸다.

노형진은 그걸 보고 피식 웃었다.

"그래서요?"

"'그래서요?'라니요?"

노형진의 황당한 대답에 남자는 어리둥절했다.

자신이 누군가? 현 여당 국회의원의 비서가 아닌가?

그것도 초선도 아니고 3선이다.

다들 그걸 알면 자리에서 벌떡 일어나서 인사를 건넸다.

그런데 '그래서요?'라니?

"무슨 사건으로 오셨는지 모르겠는데? 혹시 의뢰하실 거라면 저쪽에 있는 접수부로 가셔야 하는데요."

노형진은 모르는 척 말했다.

"크흠흠."

노형진의 천연덕스러운 말에 그는 약간 당황한 듯 헛기침을 하더니 다시 한 번 노려보았다.

"앉으라는 소리는 안 합니까?"

"아까도 말씀드렸지만 의뢰로 오신 거라면 접수부 쪽으로 가셔야 합니다. 아니면 뭐, 다른 문제라도 있으신 건지?"

남자는 노형진을 지그시 바라보았다.

그도 산전수전 다 겪은 사람이다. 3선 의원을 초선부터 지켰던 그였기 때문에 눈치가 없을 수가 없었다.

그리고 딱 봐도 노형진은 그가 왜 왔는지 아는 눈치였다.

그래서 이런 식으로 행동하는 거고.

'이것 봐라?'

그는 배알이 꼴렸다.

좋게 말하려고 하는데 이런 식으로 나온다면 그가 할 수 있는 말은 하나뿐이었다.

애초에 좋은 말을 하러 온 것도 아니었지만.

"요즘 위험한 장난을 하시더군요."

"위험한 장난요?"

"택시 문제에서는 손을 떼시지요."

노형진은 그 말에 피식 웃었다.

'이건 뭐, 너무 예상에서 벗어나지 않으니까 재미가 없구먼.'

사납금은 불법이다. 대부분의 사람들은 다 안다.

하지만 국회의원들은 대놓고 방송에 나와서 사납금이 어쩌고 하면서 편들어 준다.

이게 무슨 소리냐면, 그들도 사납금 문제를 모르지는 않는다는 것이다.

'뭐, 당연하다면 당연한데.'

택시 회사에서 정치인에게 상납하는 정치자금은 수억에서 수십억에 달하는데, 대부분 사납금에서 나온다.

만일 법대로 월급제로 하면 절대로 그 돈이 나올 수가 없다.

그러니 그들은 알면서도 모른 척한다.

아니, 법을 만든 국회의원이 도리어 사납금을 받으라고 부추긴다.

"그러다가 서민의 발인 택시가 파업이라도 하면 어쩌자는 겁니까?"

"아…… 일단 택시가 서민의 발이라는 부분에서 에러가 나는 것 같네요."

"뭐요?"

"택시 안 타 보셨나 봐요?"

서민들은 택시를 타기보다는 좀 더 고생하더라도 버스나 지하철을 선호한다. 택시는 비싸기 때문이다.

"그리고 저희가 하는 일은 법적으로 문제가 없는 것으로 알고 있는데요. 도리어 법을 안 지키는 건 저쪽인데 왜 저희한테 이러시는 건지?"

"세상을 살다 보면 법으로는 안 되는 일이 있는 법이지요."

"법보다 주먹이라고 생각하시나 보군요. 그런데 법을 만드시는 국회의원 비서관님께서 그런 말씀을 하시면 안 되지요."

한마디 할 때마다 반박당하자 남자는 입을 꾸욱 다물었다.

"후회할 겁니다."

그는 무서운 시선으로 노형진을 노려보았다.

"후회 안 합니다."

"흥."

그는 이를 악물고 바깥으로 나가 버렸다.

"저거 놔둬도 되는 거야?"

"놔둬도 돼. 어차피 정치인들은 정치자금 때문에 온 거야."

"그래도……."

"어차피 이 일을 시작하면서 정치권에서 압력이 들어올 거라고 예상했잖아."

워낙 그들의 카르텔이 공고해서 안 들어오는 게 더 이상한 것이 현실이었다.

"저쪽이 사법부에 압력을 가하면 어쩌려고? 우리한테야 손을 대지 못하겠지만."

노형진은 씩 웃었다.

"아까 그 사람이 한 말 못 들었어?"

"응?"

"법보다 주먹이라잖아."

"무슨 소리야?"

"우리도 정치적 압력을 행사하면 되는 거야."

노형진의 말에 손채림은 입을 쩌억 벌렸다.

노형진은 그런 걸 별로 안 좋아하는 걸로 알고 있었기 때문이다.

애초에 그런 걸 해 줄 수 있는 사람은 그다지 없었다.

"누가? 누가 해 준대?"

"해 주는 게 아니라 해 주게 해야지."

"어떻게?"

"아까도 말했잖아, 법보다 주먹이라고."

노형진은 주먹을 들어서 흔들면서 키득거렸다.

"이걸 이대로 놔둬야 합니까!"

택시 회사의 사장들은 모여서 웅성거리고 있었다.

일이 벌어진 곳은 한수택시 한 곳뿐이었지만 만일 여기서 한수택시가 지면 이게 한수택시만의 문제로 끝나지 않을 거라는 걸 알고 있기 때문이다.

"우리 회사도 택시 운전기사들이 술렁거려요."

"운전기사들 두 명 이상만 모이면 하나같이 이 이야기만 합니다."

"젠장! 망할 막장 놈들."

그냥 뜯어먹기 좋은 병신들이라고 생각했는데 다른 곳에서 일이 터지자 술렁거리는 느낌이 영 좋지 않았다.

"우리 쪽에서도 몇 놈들이 뭉쳐서 돈을 받아 내자고 주장하는 모양입니다."

"몇 놈요?"

"네. 어차피 잘리느니 그동안 못 받아 낸 돈을 받아 내겠다는 거죠."

"우리도 그래요."

다들 한숨을 쉬면서 서로를 바라보았다.

그때 그 대화를 가만히 듣고 있던 한덕배는 그들에게 간절한 표정으로 물었다.

"그래서 방법을 찾아본 사람이 있습니까?"

"그게……"

그들은 서로를 바라보았지만 누구도 대답을 하지 못했다.

그들이 쓰는 변호사는 그저 그런 변호사가 아니다. 말 그대로 '억 단위'가 넘어가는 변호사들이다.

그런데 그런 그들조차도 방법이 없다고 고개를 절레절레 흔들었다.

"법적으로 노동자로 못을 박아 놔서……"

"하지만 노동자가 아니잖아요!"

"그래서 문제입니다."

신분이 법적으로 노동자라 도리어 그 점을 감안하면 그 법률 위반으로 처벌받아야 정상이다.

"해당 법 조항에 대해서 헌법 소원을 하는 건 어때요?"

"하는 건 불가능한 건 아니지만 지금 상황을 타개할 수는 없습니다. 한다고 해도 못해도 5년은 걸릴 텐데……"

5년이면 자신들이 망하는 데 충분한 시간이다.

"우리한테서 뇌물을 받아 간 놈들은 뭐래요?"

"찾아가 봤지만 요지부동이랍니다. 들은 척도 안 하더랍니다."

"그러면 뭐, 다른 방법을 써야지요! 압력을 행사하든가! 세무조사를 하든가! 받아 처먹은 돈이 얼만데 지금까지 가만히 있단 말입니까?"

"지금은 곤란하답니다. 좀 더 기다려 달라네요."

"아니, 왜요?"

"지금이 대선 정국 아닙니까? 아차 하면 모가지가 날아가는 판국이라……."

어지간한 실수를 해도 정치인들은 용서받는다.

하지만 대선 정국이나 총선 정국 같은 때에 사고를 치는 정치인들은 대부분 목이 날아간다.

다음 선거에서 또 실수를 저지를까 봐서다.

"그래서 죄다 꼬리를 말고 있습니다. 더군다나 상대방이 너무 안 좋아요. 다른 곳도 아니고 새론입니다, 새론."

새론이라고 하면 정치인들이 학을 떼는 곳이다.

그 거대한 성화를 무너트린 것도, 정치적으로 중요한 사건을 해결한 것도 그들이다.

지금이야 조용히 있지만 그들이 움직이면 배보다 배꼽이 커지는 꼴이 된다는 걸 모를 리 없다.

"젠장!"

평소에 그 정도 인맥이라면 구청이나 시청쯤에 압력을 넣어서 단속을 막거나 할 수 있겠지만 이건 그럴 수 있는 사건도 아니다.

"방법은 하나뿐입니다."

"하나뿐?"

"네."

다들 움찔했다. 다들 그 방법이 뭔지 알기 때문이다.

"위험하지 않겠습니까?"

어차피 그냥 두면 다 털릴 상황이다.

"이건 일반적인 파업하고는 다릅니다."

파업은 자르고 새로 뽑거나 그도 안 될 것 같으면 몇 푼 더 던져 주면 그만이다.

"만일 이대로 놔두면, 내년에도 여기 있을 수 있는 사람들이 어디에 있겠습니까? 툭 까고 말해서 지금 상황이 이대로 진행되면 내년 겨울이 가기 전에 모두 한강으로 모이는 수밖에 없다는 거, 다들 알잖아요?"

"……."

회사를 팔아도, 전 재산을 다 줘도, 사납금으로 20년간 빼돌린 돈을 물어 줄 방법은 없다.

그러니 어떻게 해서든 이 사건을 무마해야 한다.

"하지만 쉽게 물러날까요?"

"걱정하지 마세요."

한덕배는 뭔가 결심한 듯 눈을 빛냈다.

"제가 조사한 바에 따르면 이번 사건을 주도적으로 이끌어 가고 있는 놈들은 전과를 가진 새끼들입니다. 나머지는 어쩔 수 없이 끌려가고 있어요."

"확실한 거예요?"

"네, 확실한 겁니다. 제가 들었어요."

"젠장!"

"우리 회사도 범죄자 출신 많은데."

"그쪽 출신들은 앞으로 쳐다보지도 말아야겠습니다. 반골 기질을 타고났어요."

사장단은 이를 박박 갈았다.

사실 그들이 생각해도 20년 동안 멀쩡하던 인간들이 갑자기 왜 이렇게 들고일어나는지 이해가 가지 않았다.

'하지만 범죄자가 와서 사인을 하라고 하면 겁먹고 할 수밖에 없지.'

실제로 그들에게 구타당하거나 협박당한다는 이야기를 몇 번 들었지만 한덕배는 자신이 귀찮고, 어차피 돈만 되면 상관없다고 생각해서 무시했었다.

그런데 그게 이렇게 자신의 발등을 찍을 줄이야.

"어차피 그들은 대가리가 없으면 꼬리를 말 겁니다. 그러니까 문제는 대가리인 거죠."

"으음……."

대가리만 쳐 내면 무너지는 경우가 종종 있다.

그리고 자신들이 봤을 때 지금 상황은 딱 그런 상황이었다.

"대가리만 쳐 냅시다. 김 사장, 아는 사람이 있다고 했지요? 도움을 받을 수 있겠습니까?"

김 사장은 고개를 끄덕거렸다.

"그래요. 그럽시다. 대가리만 쳐 내면 잠잠해질 겁니다."

"예상대로네."

노형진은 사진을 넘기면서 고개를 끄덕거렸다.

얼마 전부터 지금 소송을 이끌어 가고 있는 남자의 뒤로 몇몇 사람들이 따라다니기 시작했던 것이다.

"다른 사람들은 어때?"

"주요 멤버들에게 사람이 붙었어."

"일반 기사들에게는 안 붙었지?"

"응. 주로 리더급이네."

"역시."

"하여간 귀신같다니까."

손채림은 혀를 내둘렀다.

노형진이 방패를 세워야 한다고 했을 때 이해가 가지 않았다.

심지어 그 방패로 가장 문제가 되는 전과자들을 쓰겠다는 말에 더 이해가 가지 않았다.

그러나 상황이 이렇게 되고 나니 노형진이 무슨 신기가 있는 거 아닌가 하는 생각이 들었다.

"일반인도 총대를 멜 수는 있겠지. 하지만 그러면 그 보복도 그들이 감당해야 해. 그건 좋은 게 아니지."

"전과자들이 앞장서서 나설 거라는 건 어떻게 안 거야?"

"전과자들의 특징이 뭔데? 이기적이라는 거야. 남 생각하고 착한 사람이 전과 달겠어? 물론 실수로 범죄를 저질렀던 것일 수도 있겠지. 하지만 그런 실수를 한 사람들이 그렇게 다른 기사들을 폭행하고 자리를 빼앗겠어?"

"하긴."

"욕심 많은 놈들에게 그 욕심을 채울 수 있는 기회가 생겼는데, 그들이 그걸 거부하겠어?"

노형진은 그들에게 적당한 떡밥을 던졌을 뿐이다.

그리고 그들은 냉큼 집어삼킨 것이고.

"결과적으로 자기 욕심이 과한 거야."

노형진은 사진을 뒤로 정리해서 한쪽 구석으로 몰아넣으며 말했다.

"택시 회사 사장들이 조폭을 동원할 거라는 건 어떻게 안 거야?"

"상황이 그럴 수밖에 없었거든."

지금은 정치적으로 싸울 수 있는 상황이 아니다.

평소에 힘을 써 주는 사람이라고 할지라도 대선 정국에서는 힘을 쓰지 못하는 것이 보통이다.

하물며 상대방이 새론이다. 거기에다 노형진이다.

노형진이 언론사를 가지고 있다는 것은 널리 알려진 사실이니, 그런 그를 대상으로 장난질을 쳤다가는 졸지에 당에서 축출 대상이 되어 버릴 것이다.

"현 여당이야 과거에는 도와줄 수 있었겠지. 하지만 최재철이 사라졌잖아."

최재철이 사라지면서 언론이 제대로 통제되지 않는 상황이다.

물론 새로운 방통위원장이 배치되기는 했지만 현재 그는 제대로 된 인수인계조차 못 받은 상태에서 대선 승리를 위해 발악하고 있으니 택시 회사를 지키기 위해 언론을 통제해 줄리 없다.

"거기에다 최근에 택시 회사들에서 받아들인 범죄자들이 사건을 많이 일으켰잖아."

"그건 그렇지."

"그러니까 국민들의 여론이 좋지 않거든."

당연히 사건이 진행된다면 여론은 택시 운전기사들에게 쏠릴 것이다.

"그리고 이 파급력이 어마어마하니까."

당장 여기서 노형진이 이긴다면 갑과 을은 바뀐다.

노형진이 이겨서 한수택시를 집어삼키면 다른 택시 회사들은 기존 택시 운전수들을 모조리 월급제로 바꿔 줘야 한다.

사실 그 정도에서 끝날 수 있으면 상당히 수지타산이 맞는 것이다.

만일 택시 운전기사들이 그걸 거부한다면 얄짤 없이 회사를 통째로 빼앗길 수밖에 없다.

"더군다나 수백억에 달하는 채권을 모두 물어 줘야 하지."

그걸 물어 주는 데 한두 해만 걸리진 않을 테니 호화롭게 살고 있던 사장의 인생이 시궁창으로 처박혀 버릴 건 당연한 일.

"이길 수 없는 싸움이니 당연히 불법을 선택하겠지."

노형진은 어깨를 으쓱하면서 사진을 바라보았다.

"그래서 놔두는 거야?"

"뭐, 전이라면 폭력 사건이 일어나게 두지는 않았겠지만……."

엄밀하게 말하면 추적당하고 있는 전과자들은 의뢰인이 아니다.

그리고 그들의 희생으로 상황은 돌변할 테니까.

"그러다 죽으면?"

"에이, 걱정하지 마. 내가 그렇게 두겠어?"

노형진이 히죽하면서 말했다.

"적당히 할 거야. 적당히."

⚖️

"히이익!"

두표만은 흠씬 두들겨 맞고는 산속에서 땅을 파고 있었다.

"적당히 해야지, 적당히."

두표만을 보면서 조폭들은 이죽거렸다.

"쓸데없는 욕심을 부리니까 이 사달이 나는 거야. 알아?"

"사, 살려 주세요!"

"살려 주려고 했는데 개겼잖아. 그러면 여러모로 곤란하잖아."

조폭들은 히죽 웃었다. 그리고 일어나서 땅을 파던 두표만의 등짝에다가 피우고 있던 담배를 비벼 껐다.

"끄아아악!"

그 엄청난 고통에 바닥을 나뒹구는 두표만.

그러자 다른 조폭들이 그를 발로 가차 없이 차기 시작했다.

"이 개새끼야! 땅 제대로 안 파? 자기 못자리인데 잘 파야지."

"하악! 제발 살려 주세요!"

얼마나 두들겨 맞았는지 퉁퉁 부은 얼굴로, 두표만은 눈물을 질질 흘리면서 빌었다.

그러나 조폭들은 봐줄 생각이 없어 보였다.

"나도 그러고 싶은데 본을 보여야 하거든. 민중이라는 건 개돼지라 본을 보여야 자기 주제를 알아요."

두표만의 등에 담배를 비벼 끈 남자는 자신의 앞에 무릎을 꿇고 빌고 있는 두표만의 얼굴을 발끝으로 올리고는 바라보면서 이죽거렸다.

"사실 나도 적당히 하고 싶어. 그런데 이런 게 적당히가 안 된단 말이지."

두표만이 흠씬 두들겨 맞고 돌아가면 다른 사람들이 고개를 푹 숙이고 들어올까?

아니다. 당장 경찰을 부를 테고, 경찰이 끼는 순간 자신들이 여러모로 곤란해진다.

"내가 이 짓거리 하면서 배운 게 뭐냐면, 시체가 없으면 살인도 없다는 거야."

그러면서 두표만이 판 땅을 힐끗 보는 남자.

"여러 놈을 적당히 두들겨 패서 기를 꺾으려고 하면 꼭 누구 하나는 사고를 쳐요. 그것보다는 확실하게 한 놈만 조져두면 알아서 겁먹고 꼬리를 말더라고."

시대가 바뀌었다. 그래서 두들겨 패면 경찰이 100% 끼어든다.

물론 그게 무서운 것은 아니지만, 귀찮지 않은 것도 아니다.

"한 놈만 실종으로 처리하면 알아서 바닥을 박박 기어."

남자는 히죽 웃었다.

대한민국의 경찰이 남자가 실종된 사건은 수사도 안 한다는 건 널리 알려진 사실이다.

과거에 그로 인해 된통 당했음에도 불구하고 그들은 수사의 편리성을 이유로 조사를 하지 않는다.

"즉, 너희들 두어 명만 실종되면 알아서 입을 닥칠 거란 말이야."

더군다나 이놈은 전과자다. 전과자가 도망가는 거야 흔한 일이다.

"형님, 이 정도면 되지 않겠어요?"

"그럴 것 같네. 묶어!"

"네, 형님!"

"히이익! 살려 줘! 살려 줘!"

두표만은 살고 싶었다. 그래서 미친 듯이 몸부림쳤다.

하지만 양옆에서 그를 붙잡고 강제로 팔다리를 묶자 그가 할 수 있는 게 없었다.

"으허허엉!"

"그러니까 적당히 개겼어야지."

조폭 보스는 씨익 웃었다.

"걱정 마. 외롭지는 않을 거야. 이 주변에 친구들이 많을 테니까."

그는 담배 연기를 허공으로 흩날리면서 말했다.

"그래? 이거 대박인데?"

그때 등 뒤에서 들린 말에 그는 깜짝 놀라서 몸을 돌렸다.

"이런 씨발······."

그의 눈에 들어온 것은 다름 아닌 권총을 든 남자들이었다.

한두 명이 아니었다.

몇몇 조폭들이 그들을 보고 다급하게 삽과 연장을 꺼내 들었지만 이미 눈에는 절망감이 서리고 있었다.

"총구멍 나고 싶지 않으면 가만히 있어."

수적으로도 질적으로도 이미 이길 수 없는 상황이라는 건 너무나 뻔했다.

"여기만 피한다고 끝 아니다. 이미 아래는 경찰 중대가 포

위하고 있어."

"큭."

조폭들은 눈을 치켜떴다.

하지만 결국 연장을 내리고 고개를 숙일 수밖에 없었다.

"야! 저 새끼들 수갑 채워!"

대장으로 보이는 남자가 말하자 몇몇 경찰들이 그들의 손을 뒤로 돌려서 수갑을 채웠고, 그들은 고개를 숙인 채로 아래로 끌려 내려갔다.

"괜찮습니까?"

경찰들 사이에서 나온 노형진은 다급하게 두표만에게 다가가서 묶여 있는 그의 손을 풀어 줬다.

"변호사님? 으허허헝!"

두표만은 살았다는 생각에 눈물을 흘렸다.

"괜찮습니다. 괜찮아요."

노형진은 그런 그의 어깨를 다독거렸다.

"이제 다 괜찮습니다."

그 말대로 저 아래에서 불빛이 번쩍거리면서 다가오는 것이 보였다.

⚖

—택시 회사의 사주를 받은 폭력 조직이 택시 노동조합의 대표를

납치하여 살해하려고 하던…….

　─주변에서 추가로 여덟 구의 시신이 더 나와서 경찰에서는 그와 관련되어 추가적인 수사를…….

　언론에서는 미친 듯이 택시 회사를 물어뜯고 있었다.

　노형진은 히죽거리면서 웃었다.

　"역시 내 예상대로네."

　"적당히 한다며?"

　"뭘 더 어떻게 적당히 해?"

　"그거야 그런데, 우우우……. 아, 모르겠다."

　노형진은 진짜 적당히 했다.

　죽을 수도 있는 상황에서 죽지 않게 보호해 줬다.

　물론 국민적인 여론을 일으키기 위해 두들겨 맞는 것은 두고 볼 수밖에 없었지만.

　"그런데 네가 말한 건 어떻게 되는 거야?"

　"어떤 거?"

　"뭐, 정치인을 이용한다는 거 말이야. 지금쯤이면 발표가 나와야 하는 거 아냐?"

　"아, 그거?"

　정치적 압력을 행사하는 놈들이 있다.

　그들은 노형진과 새론에 압력을 행사했지만 실패했다.

　그렇다면 아마도 법관에게 직접적으로 압력을 행사하려고

할 것이다.

"한두 명이 아니라고 들었는데, 그들을 다 꺾으려면 이만 저만 높은 사람이 아니면 안 된다고. 막말로 유찬성 의원급이라고 해도 그건 안 될걸."

"걱정하지 마. 그보다 더 높은 사람들이 도와주기로 했어."

"뭐? 더 높은 사람들?"

지금 유찬성 의원의 힘을 생각하면 그보다 더 높은 사람들은 한정되어 있다. 그런데 그들이 도와준다니?

"이제 슬슬 나올 텐데."

"설마 기자회견이라도 해 준다는 거야?"

이런 문제로 기자회견을 해 주는 정치인이라니?

'그런 사람이 있을까?'라는 생각에 손채림이 고개를 갸웃하는 사이에 노형진은 리모컨을 들어서 채널을 돌렸다.

한 남자가 가열차게 목소리를 높이고 있었다.

─사납금은 불법임에도 불구하고 근절되지 않고 있습니다. 이는 명백하게 잘못된 사항입니다. 이러한 사회악에 대해서 분노를 금치 못합니다. 특히나 그 이권을 지키기 위해 살인까지 불사하는……!

"헐?"

다름 아닌 모 정당의 대통령 후보로 유력시되는 사람이었다.

"너…… 어떻게 한 거야?"

그냥 국회의원도 아니고 대통령 후보가 언급을 한다?

물론 아직 정식으로 확정된 것은 아니지만 어떤 사람들이 대통령 후보로 나올지는 대충 눈치가 보이는 상황이다. 그런 그가 이 문제에 대해 언급한다?

"저런 곳까지 선이 닿아 있었어?"

"아니, 나 저 사람 몰라."

"그러면 뇌물이라도 먹인 거야?"

"그럴 리가."

"그러면 왜?"

"지금은 대선 정국이잖아."

"그게 무슨…… 아…….."

대선 정국이 되면 각 정당과 후보들은 국민들의 눈치를 본다.

국민들의 권리가 가장 강해지는 시점이 지금이다.

"지금 언론에서 미친 듯이 까고 있으니 당연히 대선에 나가고자 하는 사람은 언급하지 않을 수가 없지. 아마 사납금 퇴출은 공약으로 발표될 거야."

나중에 지키고 안 지키고의 문제가 아니다.

일단 정치인들과 정당은 이 문제에 대해 반대할 수가 없는 것이다.

"사납금을 지키려고 살인까지 불사했는데 후보들이 사납금을 인정할 수는 없지. 결국 그들은 이런 문제에 대해 '하나의 목소리'를 낼 수밖에 없어."

여기서 사납금을 인정해 버리면 살인범을 편들어 버리는 꼴이 되어 버리니까.

"그래서 정치인들이 도와준다고 한 거구나."

"그래."

이런 문제는 한 사람이 이야기를 시작하면 다른 사람은 반대할 수가 없는 사항이다.

당연히 다들 사납금을 퇴출시켜야 한다는 식으로 나올 것이고, 공약에 포함될 가능성도 높다.

"하지만 그게 지켜지지 않을 가능성이 더 높지 않아?"

"그건 중요하지 않아. 일단 공약에 들어가면 재판부에 오더가 떨어진 것이나 마찬가지거든."

"어? 오더? 아!"

대통령 후보들이 하나같이 사납금 같은 불법을 없애야 한다고 주장하는데 판사들이 미쳤다고 사납금은 합법이라고 판단할까? 더군다나 누가 봐도 불법이 맞는데?

"선거가 끝나면 정치인들이 모른 척할 수도 있겠지. 하지만 이미 판례는 나온 후일 거야."

재판에서 판례는 강력한 힘을 발휘한다. 당연히 다음 재판을 하게 되면 압도적으로 유리한 싸움이 된다.

그런데 그걸 뒤집기 위해 정치인들이 신경을 써 줄까?

"그럴 리 없지. 이미 그때쯤이면 사건이 뒤집어져서 택시 회사는 끈 떨어진 연 신세가 될 텐데."

"무섭다, 너."

지금이 대선 정국인 것까지 이용해 가면서 사건을 뒤집다니.

"그러면 그 사람이 두들겨 맞고 죽기 직전까지 놔둔 건 나쁜 사람이라서가 아니라 저들을 움직이기 위해서였구나."

"그래."

단순한 폭행 사건이었다면 아마도 대선 후보들은 관심도 가지지 않았을 것이다.

하지만 살인 미수 사건이고 택시 회사들이 연관된 사건이다.

당연히 일이 커졌고, 정치인들은 그걸 무시할 수 없었다.

"멋지네."

손채림은 채널을 이리저리 돌리면서 말했다.

방송에 나오는 수많은 정치인들과 후보들. 그들은 하나같이 사납금을 규탄하면서 더 강력한 규제를 하겠다고 외치고 있었다.

"이제 게임은 끝났어."

노형진이 씩 웃으며 말했다.

⚖️

노형진의 예상대로 재판부에서는 사납금에 관련된 모든 돈을 돌려주라고 판결했다.

그리고 그 빚을 갚지 못하고 한수택시는 넘어갔다.

정확하게는 택시 허가째로 택시 운전기사들에게 빼앗겼다

고 보면 될 것이다.

기업도 압류의 대상이 되니까.

그 이후 전과자 출신들은 자신들이 당했다는 것을 알아차렸다.

"한 표?"

"네."

"씨발, 뭐야! 내가 그러자고 그렇게 극렬하게 싸운 줄 알아!"

돈이야 받아 갈 수 있지만 조합에서 무조건 한 표만 인정이 된다는 노형진의 말에 그들인 언성을 높였다.

하지만 방법이 없었다.

"어쩌겠어요, 법이 그런데."

노형진은 어깨를 으쓱했다.

"불만이 있다면 정치인들한테 말씀하셔야지요."

"이런 씨팔!"

조합이 주식회사와 다른 것은, 얼마를 투자하든 그는 조합원으로서 '한 표'만 인정된다는 것이다.

당연히 회사가 뒤집어지면 그걸 집어삼킬 수 있다고 생각하던 그들은 그걸 받아들이지 못하고 발광을 했다.

"씨발! 다 죽어! 누구한테 사기질이야, 사기질이!"

"사기는 친 적이 없습니다. 정당한 한 표라고 제가 말씀드렸잖습니까?"

"그건……."

말만 그렇게 한 거라고 생각했다.

그런데 진짜 한 표라니.

"참고로 여러분들은 조합원들의 반대로 인해 조합 가입이 거부되었습니다."

입을 쩍 벌리는 전과자 출신 범죄자들.

"이런 씨발!"

그들은 이를 악물고 다른 택시 운전기사들을 폭행하려고 했다.

하지만 전과 다르게 무서운 눈빛으로 자신을 노려보는 사람들 때문에 그럴 수가 없었다.

전에는 힘이 없었을지 모르지만 지금은 노형진이 대동한 경호원들이 그들을 에워싸고 있는 상황.

"조합에서는 1인당 한 표입니다. 여러분들이 다른 사람들을 포섭해서 표를 받는 건 상관없습니다만, 여러분이 새로운 멤버가 되는 것은 거부당하셨습니다."

즉, 조폭 출신 범죄자들은 갈 곳이 없다는 뜻이다.

"크윽."

회사를 집어삼키면 당연히 자신들이 사장 노릇을 할 줄 알았다.

하지만 기본적으로 조합은 투자금과 상관없이 무조건 1인 1표이고, 아무리 전과자 출신들이 많다고 해도 일반인들의 숫자를 꺾을 수는 없었다.

당연히 그들은 사장님이 되기는커녕 조합에 들어가는 것
조차도 허락받지 못했다.

　"이런 씨발! 너희가 어떻게 이럴 수 있어!"

　조합에 들어가지 못하면 당연히 택시도 받지 못한다.

　물론 다른 택시 회사에 입사 신청을 할 수는 있다.

　하지만 과연 다른 곳에서 그들을 받아 줄까?

　그들의 입장에서는 한수택시가 그들의 노동운동 때문에
망한 것으로 보일 텐데?

　"그동안 내셨던 사납금은 계좌로 보내 드렸습니다. 이 정
도면 충분히 지급되었을 거라고 생각합니다만."

　노형진은 그들에게 입금 내역을 보여 주며 히죽하고 웃었다.

　"크으으……."

　입금 내역을 보고 부들부들 떠는 전과자들.

　하지만 더 이상 방법이 없다는 걸 알아채고는 이를 박박
갈면서 몸을 돌려 그곳을 떠날 수밖에 없었다.

　"깔끔하네."

　회사는 망했고, 택시 운영권은 조합에서 돈 대신에 빼앗아
왔다. 그리고 전과자들은 모조리 쫓겨났다.

　손채림은 기분 좋은 미소로 멀어지는 남자들을 바라보았다.

　"만세!"

　택시 운전기사들은 만세를 부르면서 부둥켜안았다.

　얼마나 사납금을 많이 낸 건지, 그러고도 적지 않은 돈이

생겨서 집을 옮기기도 했고 몇몇은 아예 개인택시를 구입하기도 했다.

"제가 해 줄 수 있는 건 여기까지입니다."

"감사합니다, 변호사님! 감사합니다!"

택시 운전기사들의 감사 인사를 받으며 노형진은 진지하게 마지막으로 한마디를 남겼다.

"여러분들에게 도움이 되어서 기쁩니다만 택시는 서비스업입니다. 다들 서비스업인데도 제대로 안 하시는 분들이 계시죠?"

"……."

순간 주변에 침묵이 흘렀다.

"멀쩡한 길을 두고 돌아가거나 손님이 흘리고 간 것을 꿀꺽하는 분들도 계실 겁니다. 이제는 그러지 마십시오. 그러는 순간 조합에서 퇴출당하고 조합비 받지 못하는 거, 아실 겁니다."

노형진이 무조건 이들을 좋게 본 것은 아니다.

그저 이들에게 기회를 한 번 더 준 것뿐이다.

"네, 절대로 안 그러겠습니다."

"그래야지요."

노형진은 미소를 머금고 그렇게 말하면서 회의장에서 나왔다.

"저들이 바뀔까?"

"글쎄, 바뀐다면 다행이고 안 바뀐다면……."
노형진은 어깨를 으쓱하면서 말했다.
"다음번에는 내가 저들을 잡아먹겠지."
기회를 두 번 주는 것은 사치였다.

재활용도 못 하는 것들

대룡의 숙청 작업은 언론에 아주 큰 충격을 안겨 줬다.

한때 주식이 출렁거릴 정도였다.

하지만 그 충격은 오래가지 않았다. 사람들에게 더 중요한 세상을 바꾸는 시점이 되었기 때문이다.

"1번! 1번!"

"2번 2번!"

"3번! 3번!"

길바닥은 말 그대로 시장통이 따로 없었다.

아니, 시장통보다 지금이 훨씬 더 시끄러웠다.

노형진은 언성을 높이는 사람들을 보고 혀를 끌끌 찼다.

"선거도 시작하지 않았는데 이게 뭐 하는 짓이야?"

"어쩌겠어? 지금 인터넷에서 도는 말 몰라? 개가 나와도…….."

"알아. 야당에서 개가 나와도 대통령이 될 거라면서?"

"그러니까."

현 여당은 실책이 너무 많았다.

거기에다가 사고처럼 보이는 암살 시도까지 발생하면서 그들의 지지율은 36%밖에 나오지 않는 상황이었다.

나라를 팔아먹어도 찍어 준다는 사람들이 그 정도이니 쉽게 말해서 '콘크리트 지지층'을 빼고는 죄다 등을 돌렸다는 뜻이다.

"그러니 저러지."

"참 뻘짓한다. 그래도 해도 해도 너무하잖아?"

지금은 선거 기간도 아니다. 엄밀하게 말하면 야당의 당내 경선 기간이다.

그런데 경선에 출마한 숫자만 무려 열네 명이다.

말 그대로 언론 좀 탄 적 있다는 사람들은 죄다 경선에 출마한 것이다.

"기가 막히네."

그들은 서로를 물어뜯으면서 자기가 잘났다고 외치고 있었다.

"그래도 어차피 답은 정해져 있는 거 아닌가?"

"오셨습니까?"

노형진은 등 뒤에서 들리는 목소리에 몸을 돌려서 고개를 숙였다.

"여기는 시끄럽군. 어디 조용한 곳으로 가지."

유찬성은 노형진을 데리고 조용한 공간을 찾아서 좀 떨어진 커피숍으로 향했다.

그는 들어가자마자 커피를 큰 걸 시켜서 쭈욱 들이켰다.

"요즘은 이거 아니면 못 버티니까."

"그렇게 바쁘신가 보군요."

"당연하지. 당내 경선 중이지 않나?"

"후보로 출마하지도 않았으면서 그렇게 바쁘시면 어떻게 합니까?"

"후보보다 더 힘든 게 우리 같은 사람들이야. 줄 선다는 게 그런 거 아닌가?"

"그럴 거면 차라리 출마를 하시지요."

"나도 그러고 싶네, 후후후. 하지만 접수 기간이 지나서 말이지."

그는 커피 한 잔을 그대로 들이마시고는 비서에게 한 잔을 더 가져다 달라고 했다.

퀭한 그의 눈에는 피곤이 잔뜩 쌓여 있었다.

"선거 위원이라는 게 이런 거지."

선거에 들어가기 전, 즉 각 당에서 대통령 후보를 선발하는 싸움 중에는 내부에서 중립이라는 것을 지키는 것이 힘들다.

물론 중립을 지키는 사람이 없는 것은 아니나 사실 중립을 지키면 배신자 취급은 안 받아도 도움을 주려고 하지도 않기 때문에, 결국 배신자 취급을 받는 게 보통이다.

당연히 당에서는 각자 지지하는 후보들에게 힘을 실어 주려 했다.

"후보님은 누구를 미시는데요?"

"나? 남기헌 후보를 밀고 있지."

"남기헌요? 하긴, 그 사람도 괜찮지요."

노형진은 유찬성의 말에 고개를 끄덕거렸다.

남기헌은 능력이 뛰어난 사람이다. 두뇌파에 속하는, 능력이 있는 사람이다.

유찬성이 돌격하는 들개라면 남기헌은 머리 쓰는 여우다.

"줄 잘못 서셨네요."

"잘못 서기는 무슨. 원래 내가 지지하는 건 그였어."

남기헌은 능력이 있는 사람이고 타입을 굳이 말하자면 지장이다.

그러나 그의 가장 큰 문제는 카리스마의 부족이었다.

이미지를 중요시하는 대한민국에서 이미지가 약하고 카리스마가 약한 남기헌은 아무래도 불리했다.

"현재 당내 경선 2위군요."

"그래, 그래서 자네를 보자고 한 거네."

"저를요?"

"자네를 개인적으로 안다면 당연히 써먹어야 하는 거 아니겠는가? 사실 지금 상황이 좋은 것도 아니고."

"젭."

2위면 사실 대통령 후보가 될 가능성이 높지 않다.

초반의 지지율이 그대로 가는 성향이 있으니까.

"그나마 다행인 것은 1위와 근소하게 차이가 난다는 거야. 뭐든 하나 터트리면 뒤집을 수 있을 것 같은데 말이지."

"그게 없다는 거군요."

"그래. 당내 경선이라는 게 사실 뻔하다면 뻔한 거 아닌가?"

서로가 서로에 대해 잘 알고 있는 데다가 당내에서 서로 이야기하던 사람들이니 뻔한 내용들이 나올 수밖에 없다.

각자 이런저런 이야기로 상황을 뒤집자고 하지만 대부분의 이야기는 이미 써먹었던 것. 또는 다른 사람이 했던 것이다.

"정치는 좀……."

노형진은 왠지 곤란한 듯 말했다.

물론 다음 대통령이 여당에서 나오지 못하도록 수작을 부린 것은 자신이다.

하지만 그건 그 다음 대통령이 너무나 최악이라서 그런 거지, 노형진이 선거에 개입하고 싶어서 그런 게 아니다.

그가 이제 대통령 후보가 될 가능성이 사라진 만큼 더 이상 개입하고 싶지 않은 것이 노형진의 솔직한 마음이다.

"알고 있네. 하지만 의뢰인의 의견이 우선 아닌가?"

"엄밀하게 말하면 의뢰를 받아들이는 건 제 마음이죠."

"허. 거참, 까칠하구먼."

"아시지 않습니까?"

정치에 관해서는 거리를 두고 싶은 것이 노형진의 솔직한 마음이었다.

이런저런 사건이 아니라면 유찬성과도 인연이 만들어지지 않았을 것이다.

"내가 그런 걸 몰라서 자네를 만나자고 했겠는가? 남기헌이 대통령이 되어야 하는 이유가 있어서 그런 거지."

"'아니 땐 굴뚝에 연기 날까?'라는 말이 있지 않습니까? 각자 자기가 꼭 대통령이 되어야 한다고 하겠지요."

"그렇기는 하지만……."

유찬성은 주변을 둘러보다가 고개를 까딱했다.

"좀 움직이겠나?"

"네?"

"나가서 이야기하지."

노형진은 고개를 갸웃했다.

커피숍에 사람이 많은 것도, 누군가 자신들을 살피는 것도 아니다. 무슨 이야기를 하든 여기서 해도 그만이다.

그런데 나가자니?

"뭐 곤란한 이야기라도 있는 겁니까?"

"움직이지."

말은 하지 않고 먼저 일어나는 유찬성.

노형진은 옆에 있는 손채림을 바라보고는 고개를 끄덕거렸다.

만일 누군가에게 들켜서 곤란한 거라면 여기서는 이야기할 수가 없다.

당장 관심을 보이는 사람이야 없다고 하지만, 지난번 사건에서 노형진도 써먹었듯이 요즘 카메라는 무서울 정도로 발달해서 보이지 않는 곳에서도 서류의 글자 하나까지 찍을 수 있으니까.

"타게."

천천히 다가오는 차량. 그건 유찬성의 차량이었다.

유찬성과 노형진, 손채림이 올라타자 차량은 천천히 움직이기 시작했다.

한참 달린 끝에 차량이 고속도로에 올라타고 나서야 유찬성은 운전수에게서 뭔가를 건네받았다.

"보안이 필요한가 보군요."

"그래, 아무래도 곤란하니까."

"뭔데요?"

"이걸세."

노형진은 서류를 받아 들고 눈을 찌푸렸다.

거기에는 현재 야당 대선 후보 1위인 종복만의 사진이 있었다.

"뒷조사를 한 겁니까?"

"당연한 거 아닌가? 이건 대통령 선거야. 차기 정권을 차지하기 위해 싸우는 걸세."

"그거야 그런데……."

하긴, 대통령 선거에서 기본적으로 하는 것이 흑색선전이다. 당연히 그걸 하기 위해서는 뒷조사가 기본이다.

"같은 당 아니었어요?"

손채림도 그걸 보고 어이가 없다는 듯 말했다.

"당이야 같지. 하지만 내전이라는 것도 있지 않나?"

"끄응……."

"뭐, 뒷조사를 하셨다 해도 그걸로 제 마음을 바꿀 수 있을 거라고는 생각하지 마십시오."

'상대방 후보의 더러운 면을 보여 주면서 설득하려는 건가?' 하는 생각에 노형진은 고개를 흔들며 서류를 펼쳤다.

그러자 유찬성은 피식 웃었다.

"그런 문제라면 애초에 자네를 만나지도 않았네. 그냥 까발렸지. 그런데 이건 까발릴 수가 없으니까 이러는 거야."

"도대체 어떤 거기에……?"

노형진은 서류를 읽다가 코웃음을 쳤다.

"할아버지가 친일파셨네요. 친일 인명사전에도 등재된 유명한 분이시고. 거기에다 전과도 좀 있고, 공안 검사로도 활동했고 말이지요. 그야말로 일반적인 정치인의 전형인데요? 요즘 정치인들, 탈세랑 위장 전입 정도는 기본으로 까는 거 아닙니까? 뭐, 친일파 문제야 애초에 그런 사람 아니면 정치권에서 받아 주지 않고. 뭐, 듣기로는 성범죄 하나쯤 있어야 공천권을 준다던데요?"

노형진이 비꼬듯이 말하자 유찬성은 괜히 찔리는 표정이 되었다.

"왜 그래? 우리는 그래도 나름 깨끗해."

"나름이겠지요."

노형진은 히죽 웃으며 서류를 마저 읽었다.

탈세 정도야 요즘 정치인들은 기본으로 깔고 가는 거고, 친일파야 대한민국 정치인 중에 부모가 친일파 아닌 이가 없다는 걸 모르는 사람도 없다.

"나도 알고 있네. 그걸 바꾸려고 이러는 거고. 그런데 말이야, 그다음이 좀 심각해."

"다음?"

노형진은 그다음 서류를 넘겨받았다. 그리고 찬찬히 읽다가 얼굴이 딱딱하게 굳었다.

"이게 사실입니까?"

"사실이지, 거짓말이겠나? 내가 오죽하면 자네를 만나러 오겠나? 자네가 정치에 관심이 없는 거 아는데."

노형진의 표정이 상당히 곤혹스러워 보이자 손채림은 노형진이 들고 있는 서류를 당겨서 살펴보았다.

그녀의 표정 역시 상당히 당혹스럽게 변해 갔다.

"이거 야당 대선 후보 아니에요? 맞죠?"

"맞네."

"같이 있는 사람들은요?"

"우리가 조사한 바로는 여당의 당직자들이네."

"그럼 이 뒤에 있는 건?"

그들 뒤에 있는 건 오래되어 보이는 빌딩이었다.

사람들이 잘 다니지 않을 것같이 보이는 평범한 빌딩.

그러나 그곳에 여당 당직자들과 같이 간다는 게 문제였다.

"룸살롱이네."

"룸살롱요? 간판도 없는데요?"

"그런 룸살롱이 아니야. 말 그대로 접대를 위해 비밀리에 움직이는 곳이지. 하루 술값만 수천만 원이 넘는 곳이야."

"허얼?"

사람들은 룸살롱이라고 하면 일반적인 술집을 생각한다.

하지만 진짜 비밀리에 다니는 곳은 이렇게 간판도 없고 손님을 받기 위한 홍보도 없다.

오로지 정해진 손님만 받으면서 조용히 영업한다.

"아니, 이 인간들이랑 대통령 후보가 같이 움직인다고요? 이해가 안 가네."

이미 야당의 대선 후보 중 한 명으로 인정받고 있는 종복만이다.

그런 그가 여당의 당직자들, 그것도 중진들과 함께 있는 사진은 상당한 충격을 줄 수밖에 없었다.

"이게 어떻게 된 겁니까?"

"전에 자네가 했던 말 기억하나? 안에 프락치가 있을 거라는 말."

"네, 기억합니다."

실제로 조용히 진행하던 주요 작전들 같은 것이 바깥으로 새는 경우가 많았다.

노형진이 그 점을 감안하고 함정을 파서 상대방을 엿 먹이는 경우도 있었고 말이다.

"설마……."

"우리라고 당하고만 있을 수는 없지 않겠나?"

당연히 그 뒷조사를 했다.

처음에는 하위직을 의심했지만 하위직은 알 수 없는 정보까지 새기 시작하자 당연히 국회의원까지 그 조사 범위가 확대되어 갔다.

전에도 그런 사람이 있었으니까.

"그런데 이게 걸린 거군요."

"그래."

여당 의원들과 함께 룸살롱에 들어가는 종복만 의원.

그들의 사이는 무척이나 친밀해 보였다.

"하지만 이걸 가지고 프락치라고 보기에는 힘들지 않습니까? 사실 저도 정치를 잘 모르지만 아버지가 하신 말씀이 있지요. 국회의사당에서는 소 새끼 개새끼 하면서도 바깥으로 나가면 같이 술 마시는 게 국회의원이라고."

"자네 아버지가?"

"네."

"뭐, 부정은 못 하겠군."

유찬성은 씁쓸한 표정으로 말했다.

노형진의 말대로 그런 경우가 많다.

다른 정당이라고 해서 무조건 멱살 잡고 싸우는 시대가 아니다. 협치할 때는 해야 하니까.

"우리도 단순히 함께 술을 마셨다는 것만으로 그를 그렇게 쉽게 의심하는 건 아닐세."

"그러면요?"

"사실 들어간 것보다 나온 게 문제야."

"나온 것요?"

"그래."

유찬성은 품에서 조심스럽게 다른 사진을 꺼내 들었다.

"이건 중요한 사진이라 따로 보관하고 있네."

"어떤 사진이기에……?"

"이런 사진이지."

사진을 열어 보니 호텔에서 나오는 종복만의 모습이 보였다.

옆에는 여자가 한 명 서 있었는데, 누가 봐도 술집에서 일하는 아가씨로 보였다.

그걸 본 노형진의 얼굴이 딱딱하게 굳었다.

"이건……."

"이게 확증이라고 봐도 무방하지."

"으음……."

손채림은 그걸 보고 구역질이 난다는 표정이 되었다.

하지만 이게 왜 확증이라고 하는지 이해가 가지 않았다.

"보아하니 그 술집이 2차까지 가는 술집인 모양인데, 그게 이상한 거야?"

"이상하지."

"어째서? 그런 곳에 다니는 인간들이 어디 한두 명이야?"

"한두 명은 아니지. 하지만 적과 같이 가는 경우는 없지. 더군다나 상대방은 정치적으로 적이야. 만일 이런 사진이 흘러나간다면 어떤 일이 벌어질까?"

"아……."

만일 이런 사실이 흘러나간다면 종복만의 정치 인생은 끝이다.

만일 유찬성이 룸살롱에 가는 모습을 찍은 사진이 현 여당의 손안에 들어간다면?

아마 당장 다음 날 아침에 각 언론사 공식 홈페이지의 메인 기사로 나갈 것이다.

"2차는 공공연하게 벌어지는 일이야. 접대도 흔하게 벌어지는 일이고. 하지만 또 자랑할 만하거나 평범한 일도 아니

지. 어찌 되었건 불법적인 일이고 추문이니까. 특히나 공인
인 경우에는 더 타격이 커."

성매매 업소에 나갔다는 것 자체가 심각한 문제다.

그런데 그걸 반대파 의원들과 같이 간다?

"거기에다 시간을 보게."

"얼마 전이군요."

정확하게는 그가 대선 출마를 발표하기 얼마 전이었다.

"그런 중요한 날에 같이 2차를 간다?"

"미쳤군요."

만일 저들이 이걸 증거로 가지고 있다가 터트리면? 선거
고 나발이고 그냥 끝나는 거다.

"전에도 국회의원 프락치는 있었네."

"기억하고 있습니다."

"하지만 종복만은 벌써 5선이 넘어가는 중진이야. 그런데
그가 프락치라니……."

유찬성은 심각한 표정으로 말했다.

이런 일이 벌어질 거라고는 생각도 못 했던 것이다.

"으음……."

노형진은 그가 이걸 이렇게 조심스럽게 다루는 이유를 알
것 같았다.

"이게 새어 나가면 상당히 불리하겠군요."

"당연한 거 아닌가? 저들이 이걸 알면 그냥 종복만을 공격

하겠나?"

"그럴 리 없지요."

상황을 봐서는 종복만은 스파이가 맞다고 봐야 한다.

그렇다고 종복만을 자르고 다른 사람을 밀어준다?

"어찌 되었건 현재 종복만은 야당의 1등 후보네. 하지만 필요 가치가 없다고 한다면 그걸 터트리겠지."

그걸 터트리고 현 야당을 성매매 당으로 몰아갈 것이다.

'웃기는군.'

성범죄를 기본으로 하는 여당이 현 야당을 성범죄로 공격한다니.

문제는 그게 먹힌다는 것이다.

어찌 되었건 언론은 여당의 성범죄에 대해서는 입을 다물 테니까.

"그래서 문제인 거군요."

"그래. 우리는 종복만을 쳐 내야 하네. 하지만 이번 사건과는 전혀 상관없는 이유로 쳐 내야 하는 거지."

"그냥 잘라 내면 안 돼?"

"정치라는 건 그렇게 쉬운 게 아니야."

지금 종복만은 야당의 강력한 대선 후보 1위다.

그런 만큼 그가 성범죄를 저질렀다는 것은 '야당=성범죄 당'이라는 이미지를 만들 가능성이 크다는 뜻이다.

"대선 후보라는 것은 정당의 얼굴 같은 존재야. 만일 그런 그를 밀어내기 위해 성범죄를 까발린다면 이쪽이 성범죄자라는 죄목을 뒤집어쓸 거야."

"하지만 저쪽도 같이 갔잖아?"

"저쪽은 국회의원이 아니라 당직자야."

국회의원은 대표지만 당직자는 직원이다.

저들 입장에서는 직원 개인의 일탈이라고 해 버리면 그만인 것이다.

"결국 접대를 받았다는 건가?"

"그래. 종복만은 여당에서 접대받는 사람일 거야."

"하지만 간판도 없잖아."

'결국 일반 빌딩에서 마주쳤다고 이야기하면 되는 거 아닌가?' 하는 생각에 손채림은 갸웃했다.

하지만 노형진은 고개를 흔들었다.

"그렇게 쉬우면 얼마나 좋겠어."

일단 저런 곳에 다닌다는 것 자체가 이만저만 친한 사이가 아니라는 뜻이다.

만일 일이 터지면 종복만은 저쪽에 붙어먹지 이쪽에 붙을 가능성은 낮다.

"더군다나 우리가 가지고 있는 건 건물에 들어가는 사진과 나오는 사진뿐이야. 저들도 그것만 가지고 있다면 어떤 식으로든 변명할 수 있겠지. 하지만 저곳에 종복만을 데리고 간 사람들이 저들이라는 걸 감안해야 해."

"아……."

만일 자신이 여당이라면 종복만의 약점을 잡기 위해서라도 내부에 카메라든 뭐든 설치했을 것이다.

"미친……."

"이대로 가만히 있으면 필패야."

"다른 사람이 후보로 나설 가능성은요?"

"사실대로 말하면? 제로에 가깝지. 내가 밀어주는 사람이 2등이고 지지율이 미세하게 차이가 나기는 하지만 그게 다야. 사실 뒤집기는 힘드네."

유찬성은 걱정스러운 얼굴로 말했다.

차이가 이쯤 나면 아무리 노력한다고 해도 뒤집는 것은 불가능에 가깝다.

"3등은요?"

"3등과 우리는 더 근소하지, 턱 아래라고 할 정도로."

"그러면 결과적으로 종복만이 1등으로 나간다는 소리군요."

"그러네."

당연히 이번 경선이 끝나면 그가 야당의 대통령 후보가 된다는 소리다.

"야당은 둘 중 하나만 선택하면 되는군요."

그가 대통령이 되면 그런 그를 뒤에서 조종하든가, 그가 대통령 후보일 때 그가 성 접대를 받은 정보를 터트려서 그를 매장시키면 되는 것이다.

"아마도 후자일 가능성이 높지."

"그렇겠지요. 전자라면 이쪽에서 가만히 있을 리 없으니까."

아무리 지지율이 떨어졌다고 하지만 현 여당의 후보는 2위다.

대통령 선거에서 후보 등록을 하고 나면 추가로 후보를 바꾸거나 하지는 못한다.

"다른 군소 정당도 있잖아."

"그렇지. 하지만 다른 군소 정당이 왜 군소 정당으로 남아 있는지 생각해 봐야 해."

그들은 언제나 극단적인 주장을 한다.

어떤 것은 당장 고칠 수 있지만, 어떤 것은 오랜 시간을 들여 고쳐야 한다.

그러나 실제로는 그런 것도 없이 극단적인 주장을 하는 경우가 많다.

"단순히 돈의 문제가 아니야. 그들은 국민들에게 동질감을 불러일으키지 못하니까 군소 정당으로 남아 있는 거야. 국민들은 그들에게 표를 주느니 차라리 현 여당에 표를 줄걸."

"우우우……."

손채림은 절망스러운 얼굴이 되었다.

"심각한 문제인데 어떻게 해야 할지 모르겠네요."

노형진은 턱을 문질렀다. 그러다가 한숨을 내뱉었다.

"전에 문 후보님이 사고가 난 게 어쩌면……."

"그럴 거라 생각하네."

사실 원래 1위 후보는 다른 사람이었다.

하지만 그가 교통사고로 인해 출마가 불가능해지면서 종복만이 급격하게 1위로 올라갔다.

그 당시에는 누가 나가도 여당이 이기는데 왜 교통사고까지 일으켰는지 의심했었는데, 종복만 때문이라고 생각하니 이해가 간다.

"결과적으로 2등이었던 종복만을 위로 올리는 게 목적이었군요."

"으음……."

유찬성은 심각한 얼굴로 사진을 바라보았다.

"자네는 어떻게 하는 게 좋다고 생각하나?"

"까발리는 게 제일 좋은데……."

"그건 절대로 안 되네! 그건 저들에게 먹잇감을 던져 주는 꼴이야."

안 봐도 뻔하다.

그걸 까발리는 순간 방송과 언론은 야당이 성 접대나 받는 파렴치한 당이라고 외쳐 댈 것이다.

'이게 참 웃긴 일이지.'

정상적으로 개혁이나 청소를 하기 위해서는 범죄를 까발려야 한다. 그리고 그에 대한 사과를 하고 고쳐야 한다.

그래야 개혁이 되고 시대가 발전하는데, 현실은 정반대다.

범죄를 인정하는 순간 그때부터 더러운 집단이라는 죄목을 뒤집어씌우고 재기 불능으로 몰아간다.

그러다 보면 결국 개개인의 범죄를 집단의 범죄로 몰아가게 되어, 종국에는 개혁 집단을 좌초시킨다.

"그러면 방법은 하나뿐이지요."

"어떤 거?"

"소속 정당을 확실하게 하는 것."

유찬성은 고개를 갸웃했다.

"그 말은, 종복만이 여당 소속인 걸 증명하자 이건가?"

"네. 그걸 우리가 먼저 터트리면 저들은 치명적인 타격을 입을 겁니다."

까발리자니 사실 종복만은 여당의 프락치라는 게 드러나 버리는 꼴이다. 그러니 까발리면 자기를 공격하는 셈이다.

더군다나 여당이 야당 내부에 프락치를 심어 뒀다는 사실을 알면 국민들은 더욱 분노하면서 표를 몰아 줄 것이다.

"좋은 생각이기는 한데……."

"문제가 있나요?"

"문제야 많지. 무슨 수로 그걸 증명한단 말인가?"

그가 프락치라는 사실은 오랫동안 밝혀지지 않았다.

아마도 이번에 대대적으로 조사를 하지 않았다면 걸리는 일도 없었을 것이다.

말 그대로 '우연히' 알아낸 사실이었으니까.

"글쎄요……."

노형진은 턱을 스윽 문질렀다.

그러다가 문득 이상하다는 생각이 들었다.

'그리고 보니 종복만이라는 이름은 처음 들어 보는데?'

노형진은 정치와 거리를 두고 있다. 하지만 그렇다고 해서 정치인을 아예 모르지는 않는다.

더군다나 대선 후보 중 한 명에, 경선이라고 하지만 정상적인 상황이었다면 2위까지 했던 사람을 과거의 역사에서 모른다는 건 말도 안 된다.

'뭐지? 왜 내가 모르는 거지?'

그의 기억에 '종복만'은 전혀 들어 본 적도 없는 낯선 이름이다.

이번 생도 그렇다.

'1위'라는 것은 결국 그가 상당히 널리 알려진 인물이라는 뜻이다. 그런데 전혀 기억이 나지 않는다.

"종복만이라는 사람이 정치를 오래 했나요?"

"그렇지."

"그런데 왜 이름이 낯설지요?"

"원래는 조용한 편이었거든. 하지만 최근에 강하게 치고 올라오고 있지."

유찬성은 노형진이 이상하게 생각하는 이유를 안다는 듯 고개를 끄덕거렸다.

"그러면 종복만은 원래 대선 후보는 아니었다는 건가요?"

"원래는 그 정도는 아니었지."

"그런데 왜 그렇게 급격하게 뜬 거죠?"

"그거야 여러 사람들이 지지해 주니까."

"왜죠?"

"왜라니?"

"정치는 공짜로 하는 게 아닙니다. 종복만을 지지하고 그를 밀어준다는 것은, 종복만에게서 가능성을 봤든가 다른 이유가 있다는 거 아닌가요?"

"그건 그런데……."

유찬성은 잠깐 고민했다.

확실히 종복만은 마치 다크호스처럼 빠르게 치고 올라왔다.

"원래 다크호스라는 것은 생각지도 못한 상황에서 치고 올라오는 존재 아닌가?"

"그건 그렇습니다. 하지만 그건 어디까지나 개개인의 성향을 봤을 때의 이야기지요. 종복만의 성향은 어떻습니까?"

"성향?"

"네. 다크호스들의 특징은 공격적이고 진취적이라는 겁니다. 그렇지 않으면 치고 올라간다는 것 자체가 불가능하니까요. 주변에 상당히 공격적이라고 해야 하나? 하여간 현실에 안주하는 타입은 아닙니다. 종복만은 어떤가요?"

"글쎄…… 개인적으로 아는 사이가 아니라서."

"그러면 그의 지역구는요?"

"그건……."

유찬성은 종복만의 지역구를 생각해 봤다.

그리고 눈을 찌푸렸다.

"그런 곳이 아니군."

"그런 곳이 아니라고요?"

"그래, 전형적인 시골이야. 같은 사람들이 뭉쳐 사는 곳이지. 그래서 종복만은 어렵지 않게 당선된 걸로 알고 있네."

"시골이라…… 고정된 곳이군요."

"그렇지."

도심은 선거하다 보면 뒤집어지는 경우가 제법 있다.

하지만 시골은 노인들이 많다.

노인들은 한 번 선택한 사람을 계속해서 뽑는 경향이 강하다. 그러한 성향 덕분에 종복만은 어렵지 않게 자리를 지켜 왔다고 한다.

"그러면 진취적인 사람은 아니겠군요."

"응? 그게 무슨 말인가?"

"국회의원이라고 하지만 지역마다 그 무게감이 다르지요. 사실 경기 지역의 국회의원과 강원도 지역의 국회의원은 비중이 다르지 않습니까?"

"그건 그렇지."

텃밭이라고 불리는 공간은 대부분 다선 의원들 차지다.

하지만 서울 경기 지역은 힘이 있는 의원들 차지다.

그만큼 지역이 가지는 갭은 큰 것이다.

"그런데 그는 지금까지 한 번도 옮기지 않고 한곳에서 계속 자리만 지켰다라……. 그는 그다지 강한 성향은 아니겠군요."

"글쎄……."

유찬성은 고개를 갸웃했다.

그사이 손채림은 인터넷을 뒤져서 그 지역구에 대해 조사하고 있었다.

"핸드폰이라 작기는 한데……. 일단 보면 거의 변화가 없는 시골이야. 가장 큰 변화라고 해 봐야 도로가 났다는 정도?"

"그래?"

"그래."

"잠시만요."

노형진은 사진들 뒤져 가면서 종복만의 주변 인물들을 살피기 시작했다. 그리고 눈을 찌푸렸다.

"젊군요."

"누가? 종복만이?"

"아니요. 그 주변 인물요."

"그거야 대통령 후보까지 나왔으니까……."

"하지만 종복만의 기반은 시골입니다. 그곳에는 젊은 사람들이 많지 않지요."

"그러면?"

"다른 곳에서 사람을 구했다는 거지요."

"그거야 어려운 일이 아니네."

유찬성은 고개를 끄덕거렸다.

대선에 나가는데 주변에 늙은이들만 득시글거리는 걸 원하는 사람은 없다.

노형진은 그걸 보다가 한 가지 가설을 세워 냈다.

"종복만은 절대로 공격적인 타입은 아닙니다. 공격적인 타입이 될 수도 없구요."

"어째서?"

"그의 지역구는 유유자적한 시골입니다. 공격적인 문화가 아니지요."

"그거야 문제가 되나? 지역구가 후보 성향과 꼭 맞는 것도 아니고."

노형진은 피식 웃었다.

물론 그건 맞다. 후보가 공격적이라고 해서 지역구도 공격적이라는 법은 없다.

하지만 그런 곳이라면 한 가지 문제가 생긴다.

"그러나 지역구가 이런 식이면 한 가지 큰 문제가 있지요."

"한 가지 큰 문제?"

"돈요."

"돈? 돈이라니? 그게 왜 문제가 되나?"

"힘이 있는 의원들은 왜 서울 경기, 하다못해 도시에 지역구를 가지려고 할까요?"

"그거야 당연히 후원금 때문이지…… 아하!"

이런 시골에서 나오는 후원금은 상당히 적다.

공장이 많은 것도 아니어서 기업인에게 받는 것도 불가능하다.

이런 시골에 있는 공장이라고 해 봐야 수준이 뻔하니까.

그렇다고 농사지어서 먹고사는 농민들이 정치적 후원금을 내는 경우는 상당히 드물다.

낸다고 해도 그다지 많은 돈을 내는 것은 아니고 말이다.

"후원금은 정치적인 힘이나 마찬가지입니다. 힘이 있는 사람에게 쏠리지요. 그가 5선이라고 했나요?"

"그래."

"그러면 그가 받은 정치적 후원금은 얼마나 될까요?"

"그건…… 그렇군."

아마 저 지역구에서 흐르는 돈이 다른 도시로 치면 한 개 동에서 흐르는 돈보다 작을 것이다.

그만큼 돈이 없는 곳이니 정치적 후원금을 받는 것은 사실상 힘든 일이다.

"이 세상에 공짜는 없다고 하지요."

"으음, 이해가 가는군."

그를 지지하는 수많은 당직자들.

달콤한 미래를 약속하는 것만으로는 그들의 지지를 받아

낼 수 없다. 그런 미래는 줄만 잘 서면 받아 낼 수 있으니까.

"이 경우 중요한 건 믿음이지요."

"승리할 수 있다는 믿음 말이지."

"네. 그리고 그걸 증명할 수 있는 가장 확실한 방법이 뭐겠습니까?"

"돈이겠군."

경선이든 총선이든, 결국 돈 싸움이다. 돈 싸움에서 이겨야 뭐든 할 수 있다.

"하지만 뇌물을 받았을 수도 있잖아?"

손채림은 고개를 갸웃하면서 물었다.

그러자 노형진은 고개를 흔들었다.

"그건 맞아. 하지만 네가 알아야 하는 게, 뇌물을 주는 기업도 받는 사람들도 결국 한정되어 있다는 거야."

한국의 국회의원은 수백 명이다. 기업들이 그들에게 다 뇌물을 줄 수는 없다.

"거기에다 정치인들이 뇌물을 챙기는 가장 확실한 방법은 공사거든."

한국에서 하는 정부 주관 공사의 30%는 뇌물로 정치인에게 돌아온다는 말이 있을 정도라, 한국 토목 사업은 어마어마한 뇌물 공급처다.

"그런데 종복만이 속한 곳은 고작 도로 하나 난 게 끝이라며?"

"그래."

"그거 말고 대규모 토목공사가 있어?"

"어…… 아니."

자잘한 토목공사 몇 개는 있었지만 수십억씩 당겨 올 수 있는 공사는 단 하나도 없었다.

"그곳은 시도 아니고 군 단위야. 그런 곳에서 그런 대형 공사를 하는 건 무리일 것 같은데?"

"그렇군. 돈이군."

유찬성은 노형진이 뭘 노리는지 알아차렸다.

"맞습니다. 그가 비전을 보여 주기 위해 쓸 수 있는 가장 확실한 방법은 돈이겠지요. 그런데 그 돈은 어디서 난 걸까요?"

"글쎄……."

그런 막대한 돈을 구할 수 있는 지역구는 아니다.

도심지야 지하 차로 공사부터 보도블록 공사까지 많은 공사가 있겠지만, 이런 군과 읍면 수준에서 그런 공사를 하는 건 무리다.

"개발 호재가 있는 곳도 아니고."

유찬성은 그 지역구를 생각하면서 고개를 끄덕거렸다.

"그 돈에 대해 이야기해 보신 적 있습니까?"

"없지. 사실 돈으로 상대방으로 꼬시는 게 자랑스러운 행동은 아니지 않나?"

"그렇지요."

누군가 돈을 받고 지지한다는 걸 말하려고 하진 않을 것이다. 그걸 고발하는 순간 자신도 고발 대상이 되기 때문이다.

"전에 기억나십니까, 저들의 비밀 기지를 날려 버린 거?"

"으음……."

유찬성은 신음 소리를 냈다.

수천억이 들어 있는 비밀 별장을 찾아냈지만 애석하게도 그곳은 얼토당토않은 이유로 그대로 사라졌다.

"그때 그런 곳이 몇 곳 있다고 했지요?"

"그렇지."

"그리고 제가 짠 함정 때문에 그들은 그 돈을 쓰는 데 제약이 생겼지요."

"큭…… 빌어먹을!"

유찬성은 그제야 대충 그림이 그려졌다.

그 돈으로 종복만을 밀어주고, 종복만은 그 돈으로 상대방을 설득해서 자신을 지지하게 만든다.

돈을 받은 사람은 부끄러운 돈이니 말을 못 한다.

하지만 계획대로 종복만의 지지자들은 늘어날 테고.

"종복만이 대통령이 된다면……."

"실질적으로 현 여당이 권력을 잡는 셈이지요."

노형진은 이제야 대충 종복만이 원래 등장하지 않았던 이유를 알 것 같았다.

원래 역사에서는 부담 없이 비밀 자금을 쓸 수 있었으니 종복만을 밀어줄 이유도 없었을 테고, 별걱정 없이 대통령을 만들어 낼 수 있었을 것이다.

'차선책이군.'

하지만 이제는 아니다.

돈도 못 쓰고 지지율도 낮다. 당연히 대통령을 만들지 못한다.

"그렇게까지 한다고?"

"정권이 바뀌면 피바람이 불지."

유찬성은 고개를 절레절레 흔들며 말했다.

"일반인들은 잘 모를 거야. 하지만 그 피바람은 생각보다 심각하게 부네."

"그래요?"

"그래. 현 대통령은 전임 대통령의 흔적을 지우겠다고 동사무소의 과장급까지 잘라 버렸지."

"허얼."

농담이 아니다.

심지어 특정 지역이 고향이라는 이유로 무조건 자르라고 한 것이 현 대통령이다.

"그렇게까지 해요?"

"원래는 그 정도까지는 아니었네. 사실 정치가 개판이고 서로 싸우는 것이 사실이라고 하지만, 기본적인 선이라는 것이 있거든."

"그런데요?"

"하지만 현 대통령이 그 룰을 깨 버렸어."

아무리 정권이 바뀌어도 실무자들은 손을 대지 않는 것이 룰이다.

실무자들을 잘라 버리면 나라가 제대로 돌아가지 않게 되기 때문이다.

"하지만 실무자들까지 모조리 쳐 냈지. 그것도 다 얼토당토않은 이유로 말이야."

유찬성의 말에 노형진은 왠지 입안이 씁쓸했다.

그야말로 그 부작용을 누구보다 잘 아는 사람이 아닌가?

실무자들이 사라지니 사흘이면 해결되던 일이 3주가 지나도록 해결되지 않는 꼴을 봤으니까.

말 그대로 최소한의 국가 보조 시스템이 다 박살이 났으니 말이다.

"그러면 정권이 바뀌면……."

"우리를 가만두지 않겠지."

정치 보복의 문제라고 할 수도 있다.

하지만 룰을 깨고 싶은 사람이 정상적인 업무를 하는 사람일까?

아니다. 당연히 특정 당과 인물에게 충성하는 사람들이다.

"정권이 바뀌면 대통령도 바뀌네. 하지만 그들은 국가가 아니라 특정 인물에게 충성하도록 훈련된 사람이야. 과거에 모 정치인이 골프장에서 한 말이 있지."

"뭐라고 했는데요?"

"나라 경제를 망치는 한이 있어도 정권은 우리가 다시 가지고 와야 한다."

손채림은 똥 씹은 표정이 되었다.

설마 그런 사람이 있을 줄이야.

"더군다나 그게 카메라가 찍고 있는 와중에 한 말이야."

"진짜요?"

"그래."

당연히 그 말은 언론을 탔다.

그러나 그날 저녁 갑자기 해당 동영상은 사라졌고, 그걸 찍었던 PD는 해직되었다.

"정권이 바뀌면 전 정권의 수하였던 사람들이 불복종하는 것은 흔하게 있는 일이야."

노형진은 어깨를 으쓱하면서 말했다.

"자신이 일하지 않고 버텨서 현 정권이 욕먹으면 자신을 심어 준 사람들이 다시 정권을 잡을 테니, 그때 보답받을 수 있거든."

"허얼?"

"그래서 공무원들의 중립 의무를 강요하는 거야. 이제는 개소리가 되었지만."

하지만 종복만이 정권을 잡는다면?

서로 끼리끼리 뭉쳐서 다시 한 번 권력을 휘두를 수 있을 것이다.

종복만이 야당 편을 들어 주지는 않을 테니까.

"공약은?"

"정치인의 공약은 공허한 약속의 준말이라는 게 그냥 생긴 소리가 아니야."

일단 지껄이고, 지키지 않아도 그만이다.

"하물며 다시 할 수 있는 국회의원도 아닌 단임제인 대통령이야. 나중에 다시 선거에 나갈 것도 아닌데 꼭 지키려고 하겠어? 더군다나 종복만은 공식적으로 야당 소속이야. 그런 그가 개판을 치면 누구 지지율이 더 떨어질까?"

"뻔하네."

손채림도 이번 문제가 왜 심각한지 알아차리고는 고개를 흔들었다.

"가장 좋은 방법은 그가 쓰는 돈의 출처를 캐내는 것이겠네요."

"공식적으로는 쓴 게 없다네."

"공식적으로나 그렇지요. 하지만 그를 지지하는 사람을 캐내면 뭐든 나오지 않겠습니까?"

"아하!"

어차피 공식적으로 신고한 재산 같은 건 그의 명의로 되어 있는 것뿐이다.

뇌물을 주고 설득해서 지지를 끌어내는 데 자신의 돈을 주었을 리 없다.

"보통 후보는 조사하지만 후보의 지지자들은 조사하지 않지요."

"그렇지."

지지자들의 재산 목록은 대충 알려져 있다. 그러니 그들의 뒤를 캐내서 조사한다면 어쩌면 흔적이 나올지도 모른다.

"역시 자네는 내 지혜주머니야. 하하하."

"웃을 상황이 아닙니다."

노형진은 눈을 찡그리며 말했다.

"어쩌면 나라가 뒤집어질지도 모릅니다."

"에이, 그렇게까지 되겠나?"

"글쎄요."

미래를 알고 있는 노형진은 차마 괜찮을 거라는 말을 할 수가 없었다.

돈만 된다면야

얼마 후 유찬성은 머리를 부여잡고 나타났다.

그의 안색을 살핀 노형진은 한숨부터 나왔다.

"좋지 않은가 보군요."

정치 바닥에서 수십 년을 굴러먹은 그가 저런 표정에 저런 얼굴색이라면, 좋지 않은 정도가 아니라 아주 개판이라는 소리다.

"직급마다 다르지만……."

유찬성은 머리를 부여잡고 한숨을 쉬었다.

"작게는 5천, 많게는 2억 정도……."

"많게는 2억요?"

"그래."

"큭."

그 2억을 받았다는 인간들은 국회의원일 가능성이 아주 높다.

그것도 꽤 힘을 가진 사람들 말이다.

"그래서 대충 리스트는 알아내셨나요?"

"나도 모르네."

"네?"

"이것만 해도 온갖 방법을 다 써서 알아낸 거야."

직급마다 받은 돈이 다 다를 테고 또 받았다는 걸 순순히 인정할 리 없다.

그래서 이리저리 캐고 캐서 간신히 알아낸 게 그 정도의 자금을 지급했다는 거다.

그마저도 진짜 인정하지는 않고, 슬쩍 '그 정도는 되지 않을까?'라는 식으로 알려 준 거지만.

"그런데 그가 지지율 1위라면서요?"

"그래, 그에 대한 지지 선언을 했거나 대놓고 지지하는 사람들의 숫자를 보고 판단하자면…… 대충 한 30억 이상."

"미쳤군요."

30억대 뇌물을 뿌렸다는 말에 노형진은 아연실색했다.

설마 그 정도까지 뇌물을 뿌릴 수 있을 줄은 몰랐던 것이다.

"그 정도를 뿌렸는데도 그가 대세가 되지 않는다면 그게 더 이상한 거겠지."

"물론 그 돈을 받았다는 사람은 아무도 없구요?"

"그래."

말 그대로 추정일 뿐이다.

"미친놈들 같으니라고. 그 돈이 어디서 나왔는지 묻는 놈이 하나도 없어!"

"다른 사람들도 받았을 거라는 생각은 안 하는 겁니까?"

"하겠지. 그런데 그게 문제야."

"네?"

"그만큼 돈이 있으니 대선에서도 넉넉하게 쓸 수 있지 않느냐는 식으로 이야기하더군."

노형진의 얼굴이 딱딱하게 굳었다.

그런 식으로 본다면 확실히 그의 편이 되는 것이 유리한 거다.

"그 돈을 어디서 구했는지 묻지도 않고요?"

"미안하지만 정치권에서 그런 질문은 금기일세."

"큭, 미친놈들."

워낙 뇌물을 많이 주고받는 게 이 바닥이라 그걸 이야기해 줬다가는 나중에 약점을 잡히는 경우가 많다.

그래서 그런 이야기는 절대로 하지 않는 것이 보통이다.

"그가 프락치일 가능성에 대해서는 이야기해 주셨습니까?"

"해 줬지. 하지만 '설마 그럴 리가.'라고 생각하더군."

"어째서요?"

"나는 남기헌 쪽 아닌가. 뻔한 흑색선전으로 생각하는 거지."

유찬성은 씁쓸하게 말했다.

"당 내부에서는 내가 빨갱이라는 이야기까지 나오는 모양이더군."

"아직도 그런답니까?"

"자기들끼리 하는 이야기니까."

"웃기는군요."

이길 수만 있다면 무슨 소리든 다 해도 된다는 식의 정치.

그러한 구태 때문에 그렇게 고생하면서도 정작 자신들이 거기서 벗어날 생각을 하지 않는 걸 보면서 노형진은 고개를 절레절레 흔들었다.

"그래도 믿어 주는 사람이 없다고요?"

"없지는 않네. 다만 도와주기를 거부해서 그렇지. 상황이 그렇지 않은가?"

"아아아…… 공범의 심리군요."

종복만이 착해서 그 돈을 준 걸까?

아니면 단순히 지지를 받기 위해 그런 걸까?

아니다. 그 돈을 받는 순간 그들은 공범이 된 것이다.

그리고 공범이 된 이상 함께 가는 것 말고는 방법이 없다.

물론 본인이 자수한다고 하면 상황을 반전시킬 수 있을지도 모른다.

'하지만 정치의 세계에서 그런 건 없지.'

한 명이 자수한다고 해서 다른 사람들도 자수하거나 반성할까?

아니다. 모든 죄를 다 뒤집어쓰고 그 사람만 퇴출당할 것이다.

"내 쪽 사람들은 의심하고 있기는 하지만, 증거가 없지 않나?"

"그게 제일 문제군요."

증거가 있어야 상대방을 압박하거나 물러나라고 할 수 있는데 증거가 없다.

'하긴, 지금 야당에 있는 사람들도 도긴개긴이라고 해야 하니.'

지금 야당에서 정권을 잡고 있는 사람들도 대부분 여당과 그다지 성향이 다르지 않다.

그런 인간들이니 눈에 들어오는 건 돈뿐이리라.

"현금으로 유통된 거니 추적은 불가능하겠군요."

"계좌를 털자니 그것도 힘들고."

그 정도 돈을 가지고 턴다는 것은 문제가 된다.

더군다나 30억 단위 돈을 뇌물로 받았다?

그게 언론에 나가는 순간 지지율은 바닥을 뚫다 못해서 아마 지하까지 떨어질 가능성이 높다.

"결국 최선은 종복만이 여당 소속인 것을 증명하는 것뿐이군요."

"그래."

"음……."

노형진은 턱을 스윽 문질렀다.

같이 움직이는 사진이 찍혔지만 그것만으로 종복만이 실제로는 여당 소속이라고 주장하기에는 아무래도 증거능력이 약하다.

"핸드폰은 당연히 안 쓸 테고."

대포폰을 쓰거나 다른 방식으로 연락을 주고받을 것이다.

"지금 같은 상황에서는 서로 연락을 주고받지도 않을 겁니다. 까딱 잘못하면 걸릴 위험성이 있으니까요."

아마 그날 사진에 찍힌 것이 마지막일 것이다.

그곳에서 만난 후 난데없이 대선 출마 선언을 한 것을 봐서는 그곳에서 오더를 받았을 가능성이 높다.

'결국 그가 여당 소속이라는 것을 증명해야 하는데.'

노형진은 턱을 문지르면서 생각에 빠졌다.

'함정? 아니야. 아무리 편하게 당선되었다고 하지만 벌써 5선 의원인 그가 그런 뻔한 함정에 걸리지는 않을 거야. 여당 쪽? 그쪽도 마찬가지일 테고……. 돈? 돈을 추적하는 건 무리야. 돈을 추적하면 분명히 야당 쪽에서 반발한다. 자신을 지키기 위해서라도 야당 쪽 인사들은 그걸 막는 수밖에 없어. 경찰에 신고? 그건 여당이나 야당이다 다 막으려고 할 테니 효과가 전혀 없을 테고…….'

이번 경우는 기존과 다르다.

여당과 야당을 동시에 상대해야 한다.

"아, 이래서 내가 정치에 관심을 가지지 않으려고 하는 건데."

"방법이 없어 보이나?"

"사실대로 말하면 그렇습니다. 돈의 흐름도 확실하지 않고요."

"검찰에 수사를 의뢰하는 건 어떤가?"

"그게 제대로 먹힐 거라 생각해서 말씀하시는 건 아니죠? 타 정당의 자기 당 프락치를 대선 후보로 내는 작업입니다. 그게 그렇게 쉽게 이루어질 일은 아니지 않습니까?"

"끄응, 그건 그렇지. 그렇게 허술하게 할 리 없지."

유찬성도 자기가 말하고도 안 될 거라는 생각에 결국 입을 다물 수밖에 없었다.

"문제는 무슨 짓을 하든 그가 우리 당에 속해 있는 이상, 그가 한 범죄는 우리가 뒤집어쓴다는 것일세."

"그래요?"

"그래. 뇌물을 받은 사람들 중에서 설마 내 말을 들어 주는 사람이 한 명도 없었겠나?"

하지만 현실적으로 그의 죄를 발표한다는 것 자체가 자신들에게 치명적인 약점이 되는 꼴이다.

"사람으로 치면 자해하는 꼴이네."

그러니 어쩔 수 없이 그를 지지하는 수밖에 없었다.

"일부가 지지를 철회해 준다고 하기는 했지만 말 그대로 극소수일 뿐이야."

"결국은 처음으로 돌아오는군요."

그가 야당이 아닌 여당 소속이라는 것을 증명하지 않으면 자신들은 아무런 공격도 하지 못한다.

'치밀하군.'

하지만 상식적으로 수십 년간 야당에서 활동한 국회의원이 갑자기 여당의 프락치라고 주장한다고 한들 사람들이 그 말을 믿을 리 없다.

"자네에게 무슨 방법이 있겠나?"

"저라고 무슨 방법이 있을 리 없지요. 저들도 지금은 만일에 대비해서 접촉하지 않고 있을 텐데요."

노형진은 약간은 곤란한 듯 말했다.

"젠장, 이렇게 넋 놓고 당해야 한다니. 망할 프락치 놈들."

유찬성은 이를 박박 갈았다.

이 정도로 깊숙하게 프락치가 심겨 있을 거라고는 생각도 못 했다.

"프락치라……."

노형진은 왠지 씁쓸한 기분이 들었다.

"정확하게 말하면 프락치는 아니죠."

"뭐? 그게 무슨 소리인가?"

"프락치라는 건 내부에 숨어든 외부의 스파이를 뜻합니다."

"그런데?"

"하지만 종복만 같은 놈은 원래 그런 놈일 뿐이에요. 정치의 목적이 국민과 국가의 안위가 아닌 자신의 통장 잔고에 있는 놈들이지요. 그런 놈들이 설마 종복만 하나뿐이라고 생각하시는 건 아니죠?"

"으음……."

유찬성은 아무런 변명도 할 수가 없었다.

당장 당에도, 개혁을 주장하는 사람들에게 같은 당 사람이면서도 빨갱이라고 외쳐 대면서 당에서 나가라고 소리 지르는 놈들로 가득하다.

그렇다면 그들이 다 프락치일까?

아니다. 개혁의 기반은 소수 기득권층의 이익을 줄이고 다수의 이익을 향상시키는 데 있다.

문제는 그 기득권층이 이권을 놓을 생각이 없다는 것이다.

기득권층이 10%의 이익을 줄이면 사회적으로 50% 이상의 이익 향상이 온다고 해도, 역사적으로 기득권층이 이권을 놓은 경우는 없다.

"미안하네."

"미안하실 건 없죠. 정치인들의 기본적인 유전자가 그 꼴인데."

당장 개혁이라고 하면 게거품을 무는 야당 의원들도 많다.

그리고 종복만은 그런 인간들 중 한 명일 뿐이다.

"방법은 하나뿐입니다."

"하나뿐?"

"네. 그들을 자극하는 겁니다."

"그들이라니? 누구를?"

"당연히 야당이지요."

노형진은 씩 미소를 지었다.

정치자금.

좋게 말하면 정치하는 데 들어가는 전반적인 비용을 뜻한다.

정치할 때는 싫든 좋든 돈이 들어가니까.

다만 유럽처럼 그 자금을 적게 잡을 수도, 미국이나 한국처럼 크게 잡을 수도 있다.

어찌 되었건 중요한 것은, 정치자금은 밝은 면만 있는 게 아니라는 것이다.

"정치자금요?"

"네. 우리 마카모토공정에서는 종 의원님과 친밀한 관계를 이어 가고 싶습니다."

종복만의 캠프 사무실.

그 안에서 종복만은 일본에서 왔다는 사람들의 방문을 받았다.

"하지만 일본이 왜?"

"저희 마카모토공정은 오랫동안 한국에서 사업을 해 왔습니다. 그리고 여러 정치인분들과 친분을 다져 왔죠. 가깝고도 먼 나라가 한국과 일본이라고 하지만, 가까워지려고 노력한다면 충분히 가능하지 않겠습니까?"

"으음⋯⋯."

종복만은 마카모토공정에서 나온 두 남자를 바라보았다.

'마카모토공정이라⋯⋯ 확실히⋯⋯.'

마카모토공정.

일본의 거대 기업 중 하나로, 전범 기업이다.

아직까지 욕먹고 있지만 한국 대기업의 몇 배 규모를 자랑하는 아주 거대한 기업이다.

그런 곳에서 자신을 찾아왔다는 것은, 절대 손해 보는 일이 아니다.

'하긴, 마카모토가 한국에 손을 많이 대고 있기는 하지.'

마카모토공정은 애초에 전자 회사로 시작된 곳이다. 그래서 보통 공정이라는 이름이 붙는다.

하지만 현재 그들은 사실상 종합 기업으로 성장했는데, 그중 하나가 바로 한국에서 하는 사채업이었다.

'그들이 여러 정치인들과 선을 만들려고 하는 거야 널리 알려진 사실이지.'

하지만 종복만에게는 그동안 접촉하지 않았다.

그다지 권력 지향적인 이도, 이득을 얻을 수 있는 자리에 있는 사람도 아니었으니까.

'하지만 이제 아니라 이건가?'

종복만은 속으로 미소를 지었다.

그는 대통령 경선 중이다. 그리고 부동의 1위다.

야당에서는 개가 나와도 대통령이 될 수 있다고 자신하는 상황이다.

그런 만큼 종복만에게 접근하는 것이 정상적인 과정일 것이다.

"마카모토공정이 저를 찾아와 준 것은 감사합니다만."

종복만은 속으로 웃으면서도 조심스럽게 그들을 바라보았다.

"마카모토의 정체를 알고 있는 저로서는 쉽게 받아들일 수 있는 사항이 아니군요."

"정체? 아아아, 저희 기업의 과거 말씀이시군요."

"그렇습니다. 한국인으로서 그리고 정치인으로서, 마카모토공정이 우리나라에 들어오는 것을 무조건 찬성할 수는 없는 처지라서요."

마카모토그룹의 과거.

그것은 그들이 일제시대에 한국인들을 강제로 징용해서 자국 내 물품을 생산했던 기업 중 하나라는 것이다.

당연히 돈을 주기는커녕 최소한의 생활도 유지할 수 없는 수준까지 몰아붙였다.

그 과정에서 수많은 한국인들이 죽게 만든 것이 바로 마카모토그룹의 정체였다.

"요즘 같은 시대에 그런 게 어디에 있습니까? 역사는 앞으로 가야 합니다. 후진하면 아무것도 가지지 못합니다."

"그거야 당연히 알고 있지요."

"그래서 저희는 의원님에게 충분한 정치자금을 지원해 드리고 싶습니다. 양국, 아니 우리와 의원님의 관계가 앞으로 나아갈 수 있게 하기 위해서 말이지요."

"충분한 정치자금?"

"네."

"저한테 정치자금을 주시겠다는 말인가요?"

"그렇습니다."

"허어……."

종복만은 겉으로는 한숨을 내쉬는 척했지만, 속으로 환호를 내지르면서 펄쩍펄쩍 뛰었다.

다른 곳도 아니고 마카모토공정쯤 되면 주는 돈이 한두 푼이 아닐 것이다.

'그래, 국내 기업들한테서 짜잘하게 뜯어내는 것은 아무래도 감질이 나지.'

한 번에 많아 봐야 수십억이다.

게다가 그 돈을 받아 내고 나면 그 이상을 해 줘야 하는 것이 현실이다.

그걸 혼자서 다 먹는 것도 아니고 말이다.

그러나 문제가 없는 것은 아니었다.

"감사합니다. 하지만 그건 거절해야 할 것 같군요."

"거절요?"

"네, 아무래도 그런 건 좀 문제가 될 게 많으니까요."

"아, 다른 사람들을 걱정하시는군요."

마치 다 안다는 듯 미소 짓는 마카모토공정의 직원.

하긴, 바보가 아닌 이상에야 그 돈이 어떤 영향력을 줄지 모를 수가 없다.

마카모토공정의 직원 말에 종복만은 마주 미소를 지으며 답했다.

"하지만 정치라는 것이 아무래도 명분이다 보니……."

지금 그가 부동의 1위인 것은 사실이다.

하지만 현실적으로 대한민국이 가장 싫어하는 나라가 일본이고, 또 그들의 극우적 행동으로 인해 일부에서는 일본을 동맹이 아닌 잠재적 적성국으로 삼아야 하는 거 아니냐는 말까지 나올 정도로 상황이 좋지 않았다.

그런데 그런 상황에서 마카모토공정의 지원을 받는 것은 여러모로 곤란하다.

그게 드러나면 그는 그 모든 걸 뒤집어쓰고 정치에서 퇴출된다.

아무리 한국인들이 정치에 무관심하다고 해도 일본에서

뇌물을 받고 그들의 이권을 대변하는 사람을 대통령으로 뽑아 주지는 않을 것이다.

"그 부분을 감안해서 준비했습니다."

"준비요?"

"네. 일단은 5억 엔 정도입니다."

"5억 엔!"

종복만의 눈이 어느 때보다 커졌다.

5억 엔은 한국 돈으로 따지면 48억쯤 되는 돈이다.

물론 한국의 대기업들도 족치면 그 정도는 나온다.

하지만 마카모토공정의 직원은 '일단'이라고 했다.

"지금 약 48억 원을 엔화로 지급하신단 말씀입니까?"

"그게 더 유리하지 않겠습니까? 추적도 힘들 테고, 저희 입장에서도 무리하게 한화로 바꾸면 괜히 의심받을 수도 있고요."

"그럼요! 암요!"

확실히, 갑자기 일본 기업이 엔화를 한화로 바꾸면 의심을 사기 쉽다.

거기에다 그 돈을 추적하는 놈도 있을 테고.

'그리고 엔화라면, 흐흐흐……'

엔화 5억 엔을 현금으로 받는 건 신고할 수 없다.

즉, 무조건 그가 먹을 수 있는 돈이라는 소리다.

물론 당에서 조금 달라고 할 수 있지만.

'내가 말하지 않으면 누가 알겠어?'

욕심에 눈이 먼 종복만은 눈을 반짝거렸다.

그런 그의 생각을 알아챘는지 마카모토공정의 직원은 조심스럽게 말했다.

"아시겠지만 이건 저희가 순수하게 성의로 드리는 겁니다. 혹시나 다른 사람이 알고 불순한 의도로 생각하는 게 아닌가 하는 우려가 되는군요. 무슨 뜻인지 아시지요?"

"그럼요. 충분히 알고 있습니다. 암요. 한국과 일본을 앞으로 나아가게 하려는 우리의 충정을 누가 알아주겠습니까? 하하하!"

마카모토공정 직원의 말에 종복만은 눈을 크게 뜨면서 호탕하게 웃었다.

"한국과 일본, 아니 최소한 저 종복만과 마카모토공정의 우정은 변치 않을 겁니다."

종복만은 직원과 손을 맞잡으면서 최대한 활짝 웃었다. 웃음이 계속 나와서 미칠 지경이었다.

⚖

유찬성 의원은 사진을 받아 들고는 고개를 흔들었다.

"좋다고 웃는 걸 보니 아주 속이 부글부글 끓는군."

"유 의원님도 화가 나시나 봐요?"

"화가 안 나게 생겼나?"

마카모토공정과 손잡고 뇌물을 받는 장면을 모두가 보고 있었다.

"일본에 확인 안 하려나?"

"확인하겠습니까?"

"하긴."

뇌물을 주는 사람을 본사에 확인해 본다고 한들 마카모토 에서 '네, 뇌물 드리라고 보냈습니다.'라고 말하지는 않을 것 이다.

즉, 애초에 마카모토공정에서는 사람을 보낸 적이 없다는 뜻이다.

다 노형진이 가짜로 만들어 낸 사람들이었다.

물론 반쯤은 진짜이기는 하다.

실제로 마카모토공정이 한국 정치인들에게 로비하는 것은 숨겨진 진실 중 하나니까.

"이런 구린 돈은 그 출처를 묻지 않지요. 그건 아시지 않 습니까?"

"그건 그렇지."

유찬성은 찍혀 있는 사진을 덮으면서 씁쓸하게 말했다.

실제로 자신이 겪은 일이었으니까.

"그런데 말이야, 진짜로 줄 거야?"

손채림은 우려 섞인 표정으로 물었다.

아무리 종복만이 대통령이 되는 것을 막아야 한다고 하지만 그 돈을 주면 너무 타격이 크기 때문이다.

"에이, 설마 내가 미쳤어?"

한두 푼도 아니고 무려 48억이다. 바보가 아닌 이상에야 그 돈을 줄 리 없다.

"그러면 어쩌려고?"

"그건 기대하라고, 후후후. 이제 중요한 것은 유찬성 의원님입니다."

"알고 있네."

유찬성 의원은 아까와 다른 서류철을 열었다.

아까 전에 보던 서류철이 안에서 찍은 사진이라면, 지금 연 서류철은 마카모토공정의 사람들이 안으로 들어가는 장면만 찍혀 있는 모습이었다.

"종복만은 분명히 그 돈을 혼자 먹으려고 할 겁니다."

"그러겠지. 다른 당에서 프락치 노릇 하는 놈이 그걸 신고할 리 없지."

설사 한다고 해도 한국에서 그걸 당당하게 이야기할 수 없다. 다른 곳도 아니도 마카모토공정이다.

일제시대에 그렇게 많은 한국인을 쥐어짜고 착취해서 지금의 자리에 올라갔으면서도 단 한 번도 사과하지 않은 기업이다.

"하지만 그걸 누군가 안다면 이야기가 달라지지요."

"그 누군가가 바로 나라는 거군."

"그렇습니다."

노형진은 씩 웃었다.

"의원님은 가셔서 깽판 한번 치시면 됩니다, 후후후."

그러면 그 후에는 먹잇감에 눈먼 쥐들이 쥐덫으로 기어들어 올 게 뻔했다.

⚖️

쾅!

아무리 지지하는 사람들이 따로 있다고 해도 당에서 하는 일이 완전히 멈추는 건 아니다.

당연히 그 일을 하기 위해서는 만나서 이야기해야 한다.

그리고 유찬성은 그 자리에서 분노한 얼굴로 탁자를 '쾅' 소리가 나도록 내리쳤다.

"지금 대선이 장난으로 보입니까?"

"장난? 유 의원, 무슨 말을 그렇게 합니까?"

"아무리 유 의원이 지지하는 사람에 대한 반응이 안 좋다고 하지만 말씀이 심합니다."

종복만의 지지자들은 잔뜩 찌푸린 얼굴로 화내는 유찬성을 노려보았다.

"지난번에도 그랬지요. 뜬금없이 종복만 의원이 뇌물을 쓴 게 아니냐면서 말도 안 되는 헛소리를 하고. 흑색선전 없이 하자면서요? 그게 흑색선전 아닙니까?"

"맞아요. 유 의원, 요즘 도가 지나칩니다."

'이것들이 진짜.'

유찬성은 눈을 찌푸렸다.

지난번에 그 뇌물을 추적한 후 종복만파가 자신을 공격하는 수위가 높아졌다.

일부에서는 다음 선거에서 공천권도 박탈해야 한다면서 게거품을 물기도 했다.

'자기들이 켕기니까 그러겠지.'

그렇지 않다면 이렇게까지 예민하게 반응할 이유가 없다.

따지고 든 것도 아니고 확인하려고 조사한 것뿐인데 말이다.

'그래, 두고 보자.'

유찬성은 이를 악물었다. 그리고 주먹을 꽉 쥐고 언성을 더 높였다.

"흑색선전요? 그래요, 그건 내가 잘못 알았다고 칩시다."

"칩시다?"

"어허! 이 사람이 진짜!"

다른 사람들이 발끈하려고 하는 찰나, 유찬성은 옆에 있는 가방에서 서류철 하나를 꺼내서 휙 집어 던졌다.

그러자 그 서류철에서는 사진이 흘러나와서 쫙악 펼쳐졌다.

"이게 뭡니까?"

순간 다들 움찔했다.

그러나 사진을 확인하고는 금세 안도한 얼굴로 돌아왔다.

'얼마나 켕기는 게 많았으면.'

유찬성은 그걸 보면서 혀를 끌끌 찼다.

얼마나 켕기는 게 많으면 사진이 퍼지는 것만 보고도 움찔하는 건지, 답이 안 나왔다.

"이게 뭡니까?"

"이거 아무리 봐도 종복만 의원 캠프인데, 이제는 사찰까지 합니까? 유찬성 의원, 미쳤군요."

몇몇 사람들이 그걸 알아보고는 헛웃음을 흘렸다.

설마 감시하고 있을 거라고는 생각도 못 했던 모양이다.

"미칠 수밖에 없었습니다. 그들의 정체를 안다면요."

"그들의 정체?"

"이 남자들이 뭔데요?"

"그 사람들, 마카모토공정의 사람들입니다."

다들 순간 침묵을 지켰다.

그곳이 어딘지 모르는 사람은 없었으니까.

하지만 유찬성은 그럼에도 불구하고 그들을 압박하기 위해서 천천히 설명했다.

"마카모토공정은 과거 일제시대 한국인들을 착취했던 대표적인 전범 기업 중 하나입니다. 또한 현대에 와서도 반성하고 있지 않으며 일본 극우파를 지원해 주는 기업이기도 합니다. 아주 큰 지지자들이지요."

"……."

"그들의 계열사 중에는 군수 기업도 있어서 당연히 일본에 무장을 납품합니다. 그런 그들이 갑자기 왜 한국에 들어왔을까요?"

"그거야……."

모른 척하는 의원들.

그럴 수밖에 없다.

이 중 일부는 마카모토공정에서 뇌물을 받고 있기 때문이다.

"툭 까고 말해서 해외 기업이 가끔 한국을 후원하는 게 뭐 이상한 일은 아니고……."

한국이라고 돌려 말하며 차마 거기서 돈 받는 걸 인정하지 못하는 사람들.

유찬성은 고개를 흔들었다.

"그건 이상한 게 아닙니다. 하지만 대통령 후보라면 문제가 돼요."

"으음……."

"만일 일본 기업, 그것도 극단적인 전범 기업으로부터 돈을 받는다면 국민들이 뭐라고 할까요?"

"……."

다들 아무런 말도 못 했다.

국민들이 그걸 아는 순간 표는 마치 낙엽 떨어지듯이 우수수 떨어질 게 뻔했다.

"일본과 친밀하다는 여당도 그렇게 대놓고 돈을 받지는 않습니다. 일본 행사에 참여는 하지만요. 그런데 다른 곳도 아니고 전범 기업에서 돈을 받는다? 하!"

"그건 확정된 게 아니지 않습니까?"

"확정된 겁니다."

"뭐라고요?"

"5억 엔. 한화로 48억을 주기로 이야기가 되었다는 정보가 있습니다."

다들 얼굴이 딱딱하게 굳었다. 전혀 몰랐던 사실이기 때문이다.

"그 말, 확실합니까?"

"확실합니다. 내가 확실하지도 않은 걸 여기까지 들고 와서 떠들겠습니까?"

"하지만……."

"설마 종복만 의원이 여러분들과 그걸 나눠서 가질 거라는 생각을 하신 건 아니지요?"

종복만은 그런 이야기를 한 적 없다고 항변하려던 몇몇 의원들은 입을 다물었다.

그들 같아도 그걸 주변에 이야기하지는 않을 테니까.

"전부 엔화로 주기로 약속이 되어 있다고 합니다."

"엔화로?"

"그게 마카모토공정의 입장에서는 자금을 구하기 쉬울 테니까요. 받는 사람 입장에서도 감추는 게 좋을 테고 말이지요."

한화로 48억을 구하기 위해서 은행에서 환전하면 한국 정부가 모를 리 없다.

마카모토공정의 입장에서는 그런 쓸데없는 관심을 피하고 싶을 것이다.

"돈이야 나중에 천천히 환전해도 되는 일이고요."

"그건……."

"더군다나 이건 1차분이라고 합니다."

"1차분요?"

"네. 마카모토공정의 내부 이야기에 따르면 종복만에게 최소 40억 엔 이상의 정치자금을 투입할 생각이라고 하더군요."

"40억 엔!"

한화로 따지면 거의 400억에 육박하는 엄청난 돈이다.

"그들은 손해 보는 장사는 안 할 겁니다. 그들이 그 돈을 주고 뭘 요구할까요?"

"……."

사실 돈을 받는 건 문제가 아니다. 받은 뒤가 문제다.

돈을 받았으면 마카모토공정에 그에 상응하는 뭔가를 줘야 할 텐데, 이 정도 자금을 투입한다면 절대로 작은 건수는 아닐 것이다.

"말로는 그들이 인천공항을 노린다는 이야기가 있더군요."

"인천공항요?"

"네. 현 정부에서 계속 민영화하겠다고 주장하지 않았습니까?"

"그……."

인천공항을 민영화한다면 그걸 넘겨받은 사람들은 어마어마한 돈을 벌 수밖에 없다.

해외에는 실제로 민영화한 공항들이 존재하는데, 그런 곳들은 하나같이 어마어마한 사용료 인상을 겪었다.

"크흠……."

생각지도 못한 말이 나오자 다들 곤혹스러운 표정이 되었다.

"만일 이게 새어 나가면 어떻게 되겠습니까?"

"이건…… 곤란하군요."

한국 사람들이 일본이라고 하면 덮어놓고 발끈하는 건 누구나 아는 사실이다.

일반적인 일본 소속의 기업에서 지원을 받아도 색안경을 끼고 바라볼 게 뻔한데 마카모토공정이라면, 이건 대놓고 '나는 매국노입니다.'라고 인증하는 꼴이다.

"내가 이걸 들고 휘두를까 했습니다만 이거 언론에 새어 나가는 순간 우리 당이 날아갑니다. 그래서 참았습니다."

유찬성은 분노로 이를 빠드득 갈면서 말했다.

그 모습에 다들 저도 모르게 유찬성의 시선을 스르륵 피했다.

"다 좋습니다. 내가 밀어주는 후보가 대선 후보가 되면 좋지요. 하지만 안되어도 별수 없어요. 그러나 또다시 여당에

질 수는 없지 않습니까? 그 긴 암흑기를 다시 겪고 싶습니까? 머리는 폼으로 달고 다니십니까?"

점점 어두워지는 회의실 분위기.

다들 이미 이긴 것처럼 좋아하고 벌써 패를 나누고 있었다고는 하지만 그들이 겪은 지난 5년은 말 그대로 지옥이었다.

일개 경찰에게 국회의원이 두들겨 맞으면서 끌려가기도 했고, 자신뿐만 아니라 주변 사람들까지 닥치는 대로 조사당하고 생계조차 이어 가지 못하게 되는 경우도 많았다.

지금이야 그럴 일이 없다지만.

"정권을 못 잡으면 다시 그날이 올 겁니다. 그 꼴을 당하느니 차라리 내가 터트리겠습니다. 종복만을 날려 버리면 다른 의원이 대선 후보가 될 수도 있겠지요."

유찬성이 이글거리는 눈빛으로 말하자 다들 한숨을 쉬었다.

"후우……."

유찬성의 말에 틀린 게 없었기에 나오는 한숨이었다.

너무 욕심이 과해서 미래를 보지 못하고 있었다.

더군다나 유찬성 의원은 허언은 하지 않는 사람이다.

만일 그를 무시하고 진짜로 그 돈을 받으면 진짜로 그걸 터트릴 테고, 그러면 자기들은 닭 쫓던 개 꼴이 될 수밖에 없다.

"좋습니다. 다른 건 몰라도 이건 그냥 넘어가기에는 위험한 일이군요. 내가 가서 종복만 의원에게 말해 보겠습니다."

"헉! 석 의원님!"

"내가 종복만 의원을 지지하는 건 내 선택입니다. 하지만 그것과 별개로 당에 위해가 가는 일을 마냥 두고 볼 수는 없지 않습니까?"

"그건 그런데……."

"이번 경선도 중요합니다. 하지만 더 중요한 건 대선입니다. 경선에서 이겼다고 좋아할 게 아니에요. 대선에서 지면 의미가 없는 겁니다. 방금 유 의원 말 못 들었어요? 똑같은 짓을 5년 더 당하고 싶은 겁니까?"

"……."

맞는 말이다.

경선이 아무리 화려하다고 해도 결국 경선일 뿐이다.

학교 시험으로 치면 그냥 모의고사다.

망쳐도 그만이고 잘 쳐도 그만인, 내신에도 영향이 없는 모의고사 말이다.

하지만 대선은 수능이다. 망치면 앞으로 1년이 아니라 5년 간 기회는 없다.

"우리도 적당히 좀 합시다."

그의 말에 다들 어쩔 수 없이 고개를 끄덕거렸다.

"이거, 그냥 두고 볼 일은 아닌 것 같으니 내가 바로 가 보겠습니다. 같이 가 볼 사람 있습니까?"

몇몇 종복만 지지파가 일어났다.

일단 가서 이야기를 들어 보고 사실이라면 막아야 하기 때문이다.

"갑시다. 이런 건 당연히 막아야 합니다."

그들은 회의실에서 우르르 몰려 나갔다.

뒤에 남은 유찬성은 희미한 미소를 지었다.

⚖

"아니요. 전 그러려고 한 적이······."

"거짓말하지 맙시다, 종복만 의원. 이미 다 알고 왔어요. 48억이나 받기로 했다면서요?"

"그건······."

"우리가 바보로 보입니까?"

종복만은 핵심을 찌르는 다른 의원들의 말에 할 말을 잊어버렸다.

"그거 받지 마세요."

"하지만 그건 선거 자금으로 써야 하는데요."

"장난합니까? 그거 선거 자금으로 썼다가 나중에 일이 틀어지면? 어떻게 할 겁니까?"

"······."

"거기에다 엔화로 받는다면서요? 그걸 무슨 수로 선거 자금으로 씁니까? '우리 일본에서 정치자금 받았습니다.'라고 자랑이라도 하고 다닐 생각입니까?"

이것이 법이다

"……."

종복만은 아무런 말도 하지 못했다.

애초에 그 돈은 빼돌리려고 한 것이니 엔화인 것은 아무런 문제도 없었다.

"우리, 바보 아닙니다, 종 의원."

의원들은 눈을 찌푸리며 말했다.

그들이 종복만에게 줄을 선 이유는 단 하나, 그에게 돈이 있고 대선 후보로서 가치가 있어 보였기 때문이다.

그리고 그런 그에게 줄을 서면 그가 대통령이 되었을 때 충분한 떡고물을 먹을 수 있기 때문이다.

"하지만 이런 식이면 곤란합니다, 종 의원."

이 모든 계산은 어디까지나 대통령이 되었을 때의 이야기다.

그가 전에 준 것도 있지만 더 많은 걸 받아먹을 수 있기에 지원해 주는 것일 뿐.

'큭.'

종복만은 속으로 신음 소리를 냈다.

'도대체 어디서 이야기가 샌 거야?'

철저하게 막았다고 생각했는데 도대체 어디서 이야기가 샌 건지 알 수가 없었다.

'망할 유찬성 개자식 같으니라고.'

도대체 어떻게 이렇게 자세한 이야기를 들은 건지.

'선거가 끝나기만 해 봐라.'

이 안 어디엔가 숨겨 둔 유찬성의 스파이도 찾아내서 죽여 버릴 뿐만 아니라 유찬성도 정치의 '정' 자도 내뱉지 못하게 하겠다고 생각하면서, 그는 어쩔 수 없이 고개를 숙였다.

"죄송합니다. 제 생각이 짧았습니다."

"시간은 충분합니다, 종 의원. 대통령이 된 후라면 누가 뭐라고 하겠습니까? 험험."

다른 의원들의 말에 종복만은 입안이 씁쓸했다.

'씨팔.'

안 봐도 뻔하다.

대선이 끝난 후에 그 돈을 받아서 자신들과 나누자는 뜻이리라.

'망할 놈들. 할 수 없지.'

종복만은 어쩔 수 없다는 듯 고개를 끄덕거렸다.

"역시나 안 받는다고 하는군요."

"그럴 거면 왜 준다고 한 거야?"

손채림은 어이가 없어서 물었다.

가짜 마카모토공정 직원을 보내서 막대한 돈을 주겠다고 한 것도 이상해 죽겠는데, 또 뒤에서는 함정을 파서 그 돈을 받지 못하게 하다니?

그러면 의미가 없지 않은가?

"돈을 받고 못 받고가 중요한 게 아니야. 우리의 목적은 종복만이 아니야. 현 여당이지."

"그거랑 이번 일이랑 무슨 관계인데?"

"간단해. 여당은 욕심이 많다는 거."

"뭐?"

"그들은 종복만을 대통령 후보로 밀기 위해 비자금을 무려 30억이나 썼어. 그게 안 아까울까?"

"아깝겠지."

"그걸 채우고 싶지 않을까?"

"채우고 싶겠지……. 아하!"

손채림은 노형진이 뭘 노리는지 바로 알아차렸다.

"그들은 돈을 거절하지 않겠구나!"

"정답이야. 야당 쪽은 여러 가지 이유로 돈을 거절하겠지. 아니, 거절할 수밖에 없는 상황이야. 하지만 여당 쪽은 아니지."

언론도 경찰도, 자신들이 꽉 쥐고 있으니 수사를 막는 건 일도 아니다. 당연히 언론에 나가지도 않을 테고.

"그러면 그들의 선택은?"

"받겠네, 후후훗."

"그렇지."

안 그래도 30억이나 써서 돈이 아까워 죽을 판국인데, 대놓고 뇌물이 50억이나 들어온다. 과연 그걸 거절할 사람이 있을까?

"우리의 목적은 뭐?"

"종복만과 여당의 관계를 캐는 거지."

"과연 5억 엔이 어디로 가는지 두고 보자고, 후후후."

이것이 법이다

권력은 탐욕스럽다

"받으라니요?"

종복만은 진땀을 뻘뻘 흘렸다.

전혀 예상하지 못한 곳에서 전화가 왔기 때문이다.

─마카모토공정에서 주기로 한 돈 있지 않습니까? 그거 받으세요.

"하지만 그게 터져 나가면……."

─야당 놈들이 그거 터트리겠습니까? 잊었어요? 종복만 의원은 야당의 대표입니다.

"으음……."

─그거 받아서 우리한테 넘겨주면 됩니다.

"하지만 그 돈은……."

-우리가 의원님을 후보로 만들기 위해 얼마나 노력했는지 아시지 않습니까? 그 정도 보상은 해 주셔야지요.

종복만의 입가에 썩소가 퍼졌다.

물론 노력한 것은 사실이다. 하지만 무려 '48억'이다.

'망할 놈들.'

사실 핑계일 뿐이지 그걸 자기들이 다 먹겠다는 소리나 마찬가지다.

'젠장! 망할, 망할, 염병, 씨팔!'

원래 그 혼자 조용히 먹으려고 했던 돈이다.

하지만 유찬성이 떠벌리는 바람에 여당이고 야당이고 다 알게 된 것이다.

'야당 놈들은 나중에 받자고 하지만⋯⋯.'

여당이야 그런 걸 신경 쓸 이유가 없다. 그러니 지금 받아서 내놓으라는 것이다.

"알겠습니다."

종복만은 어쩔 수 없다는 듯 고개를 끄덕거렸다.

"일단은 약속한 30억을⋯⋯."

-종복만 의원.

"네?"

-죽고 싶습니까?

종복만은 침을 꿀꺽 삼켰다.

'젠장, 그렇지. 나만 있는 게 아닐 테지.'

그가 여당의 프락치 노릇을 하고 있다지만 그 하나만 여기에 심어 뒀을 리 없다. 당연히 다른 사람은 유찬성을 통해 그가 받기로 한 돈이 얼만지 들었을 것이다.

-처음에는 5억 엔, 그 이후에 다시 분납해서 30억 엔을 더 받기로 했다면서요?

"그건……."

-정신 차리세요. 세상 그렇게 살지 말고.

"……."

종복만은 속에서 한숨이 나왔다.

대통령 후보가 이 꼴을 당할 거라고 누가 알았겠는가?

'씨팔, 내가 대통령이 되면 다 죽여 버리겠어.'

그는 이를 박박 갈면서도 겉으로는 최대한 정중하게 말했다.

"제가 착각한 것 같습니다. 들어오는 대로 보내 드리겠습니다."

-우리가 사람을 보내겠습니다.

"네."

종복만은 전화상의 누군가에게 90도로 고개를 숙이는 수밖에 없었다.

⚖

"이게 얼마야?"

어마어마하게 쌓여 있는 화폐를 보면서 손채림은 입을 쩍 벌렸다.

"정확하게 5억 엔이야."

"5억 엔?"

"그래."

"이게 이렇게 많다고?"

"일본 화폐 종류별로 담겨 있거든."

일본 지폐는 1천 엔, 2천 엔, 5천 엔, 1만 엔짜리가 있다.

"이 안에는 2천 엔짜리를 제외한 지폐들이 모두 뒤섞여 있지."

그 덕분에 화폐로 가득한 박스들이 트럭의 뒤 칸을 가득 메우고 있었다.

"설마…… 차떼기?"

유찬성이 그걸 보고 문득 생각난 듯 말했다.

노형진은 씩 웃었다.

"맞습니다. 결국 사람들은 이미지라는 것을 중요시하거든요."

"아하! 푸하하! 이거, 이런 식으로 엿을 먹일 줄은 몰랐는 걸! 으하하하!"

차떼기라는 말에 유찬성은 신나게 웃었다.

손채림은 그걸 보고 고개를 갸웃했다.

"차떼기가 그렇게 중요해?"

"중요하지. 너, 차떼기가 뭔지 몰라?"

"모를 리가 있나."

현 여당이 과거에 정치자금을 현금으로 받기 위해 쓴 방법이다.

그 당시에 수차례에 걸쳐서 지금 보이는 박스형 트럭에 현금을 가득 채워서 넘겨받았는데, 국민들 중 상당수는 그 당시를 아직도 기억하고 있었다.

그럴 수밖에 없는 게, 장기간도 아니고 단시간 내에 무려 800억이라는 돈을 넘겨받았기 때문이다.

물론 그건 밝혀진 돈만 기준으로 한 것이고, 밝혀지지 않은 것은 여전히 어둠 속에 남아 있다.

"아아, 뭘 노리는지 알겠다. 머리 좋은데?"

손채림은 거기까지 듣고 피식 웃었다.

안 그래도 그 역사적 사건들이 아직도 머릿속에 남아 있다. 그러니 국민들이 이 모습을 본다면 그 사건과 연관해서 생각하게 될 테고, 결국 여당은 그때와 바뀐 것이 없는 정당이라는 이미지가 생길 것이다.

"아주 그냥 뽕을 뽑는구나."

단순히 종복만을 쳐 내는 것이 아니라 최후까지 여당을 악착같이 물어뜯는 노형진의 모습에 손채림은 혀를 내둘렀다.

"원래 할 때 확실하게 해야지, 안 그러면 기어올라."

노형진은 박스를 하나 열어서 확인하며 말했다.

그 안에는 상자 가득 5천 엔짜리가 있었다.

"그런데 이거 다 진짜인가?"

"그럴 리가요. 제가 미쳤습니까?"

아무리 노형진이 작전을 짰다고 하지만 이걸 진짜로 줄 생각은 없다.

"이거 다 위폐입니다."

"위폐요?"

"네."

유찬성의 얼굴이 딱딱하게 굳었다.

"이게 다 위폐라고? 도대체 이 많은 걸 어디서……?"

"어디겠습니까? 중국이지."

"허얼?"

"중국에 있는 복사 공장을 하나 몰래 빌렸습니다. 그 후에 가지고 오는 게 조금 힘들었지만요."

"야! 그랬다가 무슨 문제가 생기면 어쩌려고!"

손채림은 깜짝 놀라서 외쳤다.

수십억이나 되는 돈을 모조리 위폐로 뿌리면 나라가 발칵 뒤집어진다.

일본도 그냥 가만히 있을 리 없고 말이다.

"내가 바보야?"

노형진은 히죽 웃으면서 옆에 있는 박스에서 지폐 한 장을 꺼내서 흔들었다.

"내가 아무리 원한이 깊다고 한들 그게 유통이 될 만큼 잘 만들겠어?"

"어?"

손채림은 그 지폐를 바라보았다.

겉으로는 멀쩡해 보이는 지폐다. 하지만 조금만 관심을 기울이자 뭐가 문제인지 바로 알 수 있었다.

"복사 방지 장치가 시커먼 색이네?"

"정답."

복사 방지 장치는 돈에 붙어 있는 하나의 복제 예방책이다.

시대가 발달하고 컬러복사기의 성능이 향상되면서 쉽게 돈을 복사할 수 있게 되자 추가된 시스템이다.

"한국의 돈은 가운데에 점선으로 들어가 있지만 말이지."

일본의 경우 한구석에 크게 붙어 있는데, 복사하면 그 부분이 시커먼 색으로 나와서 눈에 안 뜨일 수가 없다.

"이렇게 하면 유통하고 싶어도 유통할 수가 없게 되는 거지."

"하지만 다른 건 멀쩡한데?"

유찬성은 고개를 갸웃하면서 다른 박스를 열었다.

거기에는 멀쩡해 보이는 지폐가 있었다. 그건 실제로 복사 방지 시스템까지 잘 붙어 있는 물건이었다.

"그건 진짜니까요."

"진짜라니?"

"진짜 화폐입니다. 작전도 좋지만 저들도 확인하려고는 할 테니까요. 여기에 있는 돈 중에서 3억 원 정도는 진짜 화폐입니다."

"이런……."

유찬성은 미안한 얼굴이 되었다.

그 돈의 출처는 누가 봐도 노형진이었기 때문이다.

자신들은 돈을 줄 여건이 되지 않았으니까.

"미안하군."

"미안하실 거 없습니다. 나라를 위해 내는 기부금쯤으로 생각하고 있으니까요."

그들이 검사할 수 있는 박스의 윗부분과 각 화폐 묶음의 윗부분에도 진짜를 넣었다.

하지만 그 아래는 모조리 가짜다.

"저들이 박스를 뜯어서 확인할 수도 있잖아."

"그래서 차량 앞쪽에는 진짜 화폐를 넣은 박스를 넣을 거야."

"하지만 그걸 다 확인하려고 하면?"

"과연 확인하려고 할까?"

노형진은 씩 웃으면 트럭을 탕탕 두들겼다.

손채림은 그런 노형진의 확신에 알겠다는 듯 고개를 끄덕거렸다.

"할 수가 없겠네."

1톤짜리 박스형 트럭을 꽉 채운 분량이다.

그걸 세워 두고 그 안에서 일일이 돈을 꺼내서 다 위폐 여부를 감별하지는 않을 것이다.

그랬다가 누군가의 눈에 뜨일 수도 있으니까.

"그러면 결국 앞에 있는 박스 몇 개를 꺼내서 확인하는 수밖에 없지."

"아하!"

"그래서 차량 앞쪽에는 액수가 작은 거 위주로 넣었어."

그건 다 진짜 화폐다.

그러니 그걸 열어 본다고 한들 가짜가 들어 있을 거라고는 생각도 못 할 것이다.

거기에다 세상에 어떤 놈이, 정치인에게 주는 뇌물을 위조지폐로 주려고 생각하겠는가?

"하지만 저들이 확인하려고 한다면? 기계 같은 걸 쓰면 빠르지 않나?"

"기계를 쓰면 빠르지요. 그건 인정합니다."

은행에서 쓰는 계수기 같은 것을 이용하면 분명히 빠르게 셀 수 있다.

계수기가 비싼 것도 아닌 데다 수천억 이상을 뇌물로 쌓아 둔 자들에게 계수기가 없다는 건 말도 안 된다.

"하지만 왜 계수기가 위조지폐 감별기로 불리지 않는지 아셔야 합니다."

"응?"

"그게 무슨 소리인가?"

"한국에서 쓰는 계수기들은 원화를 기준으로 감별 시스템이 되어 있습니다. 당연히 엔화는 감별하지 못하지요. 제가 굳이 뇌물을 엔화로 한 이유 중 하나고요."

"아!"

유찬성은 탄성을 내질렀다.

계수기를 쓰는 것만으로는 위폐를 감별하지 못한다. 위폐가 섞여 있다고 해도 계수기는 인식하지 못한다.

"물론 다 꺼내서 확인할 수도 있겠지만, 이걸 다 꺼내서 확인한다고요?"

노형진은 피식 웃었다.

그럴 리 없다.

차떼기의 기본은 바로 신속한 배달이다. 정해진 장소에서 조용히 통째로 넘겨야 한다.

"그러니 그곳에서 센다는 건 불가능하지요."

"확실히 그런 경우라면 그곳에서 확인할 가능성은 낮겠군."

유찬성은 인정한다는 듯 고개를 끄덕거렸다.

"그러니까 그걸 가지고 갈 수밖에 없다는 거군."

"그렇습니다."

"그것까지는 이해했네. 하지만 그 이후가 문제 아닌가? 아니, 이전이 문제인가?"

"이전?"

"이게 종복만에게서 여당으로 넘어가는 걸 어떻게 증명한단 말인가?"

"아아, 그건 어렵지 않습니다. 추적 장치를 달아 둘 테니까요."

"추적 장치를?"

"그들이 그 돈을 어디로 가지고 갈까요?"

"아지트군."

유찬성의 얼굴이 굳었다.

그들이 돈을 감춰 둔 수많은 아지트. 그중 하나로 가지고 갈 게 뻔하다.

그리고 그곳을 덮칠 수만 있다면…….

'선거는 끝난 것이나 다름없다.'

유찬성은 자신도 모르게 주먹을 불끈 쥐었다.

자신들이 유리한 것은 사실이다.

하지만 저들에게는 아직 36%에 달하는 콘크리트 지지층이 있다.

거기에다가 지금 야당 쪽에서는 계속 삽질을 해 대는 중이고.

"하지만 그곳을 덮칠 수 있다면, 그래서 그들의 본색을 드러낼 수 있다면 이번 선거는 확실하게 이길 수 있습니다."

"또한 종복만을 확실하게 쳐 낼 수 있고 말이지."

"네."

종복만이 이 돈을 받는 게 확실하게 드러날 수밖에 없는 상황이다.

그런데 그 돈이 야당이 아닌 여당으로 간다면 사람들은 의심할 수밖에 없다. 상식적으로 불가능한 일이니까.

거기에다 이 돈을 받은 곳에서 막대한 비자금이 발견되고 그와 동시에 이쪽에서 포섭하기 위해 무려 30억이라는 돈을 쓴 것이 확인된다면, 사람들의 의식의 흐름은 하나로 이어진다.

뇌물과 비자금, 그리고 여당에 충성하는 야당의 대통령 후보로.

"프락치군. 으하하하!"

한 번에 모조리 털어 낼 수 있다는 결론에 유찬성은 크게 웃었다.

"역시 노형진 자네는 천재야. 난 이런 건 생각도 못 했는데."

"결국 머리를 쓰는 게 이기는 겁니다."

이 돈을 가지고 간다고 해도 그들은 쓸 수가 없다.

일단 그곳이 발각되는 데다가 대부분이 위폐이기 때문이다.

"멋지군."

유찬성은 뿌듯한 표정으로 차량을 바라보았다.

그들의 주특기였던 차떼기.

그걸로 치명적인 타격을 줄 수 있게 된 것이다.

"하지만 여전히 문제가 있잖아."

"어떤 문제?"

"우리가 추적할 수는 없잖아. 우리가 추적한다면 분명히 정치적 함정이라고 이야기가 나올 거라고."

손채림은 우려 섞인 얼굴로 말했다.

가장 좋은 건 경찰이나 검찰인데, 그들이 야당을 도와서 함정을 팔 리 없다.

결과적으로 이 모든 것은 소리 소문 없이 묻힐 수밖에 없
는 것이 현 상황이다.

"아, 그 부분은 걱정하지 마. 내가 도움을 줄 수 있는 사람
을 불렀으니까."

"도움을 줄 수 있는 사람?"

"그래."

노형진은 고개를 돌려서 해가 뉘엿뉘엿 지는 방향을 바라
보았다.

"아마…… 지금쯤 한국에 입국하고 있을걸."

노형진의 말에 손채림과 유찬성은 고개를 갸웃할 수밖에
없었다.

⚖️

"여기에 있습니다."

마카모토공정의 두 직원은 차량의 열쇠를 남자에게 건넸
다. 그러면서 슬쩍 물었다.

"그런데 종복만 의원님은 오늘 안 나오셨네요?"

"아무래도 마지막 싸움 중이니까요. 이번 주 내로 경선이
끝납니다. 그러니 바쁘시지요."

"아, 안타깝네요. 마지막으로 한 번 더 뵙고 가려고 했는데."

"종복만 의원님도 안타까워하셨습니다. 하지만 지금 상황에서 시간을 내는 건 쉬운 일이 아니니까요. 거기에다가 주변에 기자들을 비롯한 사람들이 바글거려서요."

"하하하. 하긴, 차기 대통령 1순위 아니십니까? 종복만 의원님, 아니 대통령 각하가 되실 분인데 저희가 이해해야지요."

두 남자는 열쇠를 받은 남자에게 깊숙하게 허리를 숙였다.

"종복만 의원님, 아니 대통령님께 이야기 잘 부탁드립니다. 저희 마카모토공정은 대통령님 편이라는 것을 알아주셨으면 합니다."

"별말씀을요. 의원님도 아실 겁니다."

"나머지 금액도 들어오는 대로 보내 드리겠습니다."

두 사람은 고개를 푹 숙이고는 조용히 자리를 떠났다.

그들이 떠난 것을 확인한 남자는 트럭을 몰고 어디론가 향했다.

"움직이는군."

좀 떨어진 차량 안에서 노형진은 화면을 보면서 말했다.

사실 지금 벌어지는 모든 장면은 멀리서 녹화되고 있었다.

저들은 모르겠지만.

"바로 가져갈까?"

"그럴 리 없지. 방금 나온 사람은 종복만 의원의 비서야. 그가 여당에까지 갈 리 없지."

그랬다가는 나중에 문제가 생길 가능성이 높다.

아니나 다를까, 그는 차량을 끌고 도심을 뱅뱅 돌았다.

혹시 미행이 있는지 확인하기 위해서였다.

물론 미행이 있기는 했다.

하지만 눈이 아닌 위치 추적 장치로 추적하니 당연히 그는 추적하는 것도 알 수가 없었다.

그렇게 한참을 도심을 뱅뱅 돌던 그는 인천으로 빠지는가 싶더니 인천의 한 부두에 가서는 차를 세우고는 황급하게 그곳을 떠났다.

"어?"

손채림은 그걸 보고 당황했다.

수십억이 들어 있는 차량을 그냥 부두에 두고 떠난다는 게 이해가 가지 않았던 것이다.

"잠깐 기다려 봐."

"어? 아니, 왜? 저 돈은 어쩌려고?"

"저들은 바보가 아니야. 걸릴 수 있는 가능성을 최대한 낮추겠지."

아니나 다를까, 한 30분쯤 지나자 한 남자가 나타나서 주변을 두리번거리다가 차로 다가왔다.

그리고 차 주변을 빙글 돌더니 엉거주춤하게 차에 올라탔다.

"뭐야, 저거?"

"역시 그렇군."

"역시?"

"시간 차야."

"시간 차?"

"그래, 수사를 대비하는 거지. 지금 온 사람은 아마 아무것도 모르는 사람일 거야. 나중에 수사에 들어간다고 해도 그가 한 건 차량에 올라타서 운전한 것뿐이지. 그러니 수사가 진행되어도 그 차량을 누가 거기에 뒀는지 알 수가 없지."

"아하!"

즉, 수사에 들어갔을 때 중간에서 끊어 버리기 위해 이렇게 복잡한 방법을 썼다는 것이다.

"진짜 머리 좋네."

"진짜 머리 좋은 건 지금부터인데?"

"응?"

"방금 그 사람, 아무리 봐도 여당 사람은 아니야. 여당 사람이라면 저렇게 의심하면서 엉거주춤 타지는 않지."

아마도 사전에 설명을 들었을 테고 거침없이 차를 끌고 나왔을 것이다.

하지만 그는 그 차량을 확인하고도 주변을 두리번거리면서 어리숙하게 의심하다가 차에 탔다.

"저런 행동을 보면 이해가 가지 않는다는 뜻이지."

"그렇군."

어찌 되었건 그는 천천히 차를 끌고 부두에서 나가기 시작했다.

그걸 본 노형진은 운전기사에게 신호를 보냈다.

"따라갑시다."

그리고 좀 떨어진 거리에서 그들이 탄 차는 트럭을 따라서 천천히 고속도로 위를 달리기 시작했다.

⚖️

컴컴한 밤.

트럭은 고속도로를 한참 달려가다가 어느 시골에서 방향을 틀었다. 그리고 점점 더 안쪽으로 들어갔다.

"확실히 전과는 다르군."

유찬성은 좀 떨어진 곳에서 트럭이 움직이는 것을 확인하고는 혀를 내둘렀다.

"당연하지요. 그 당시에 그들은 휴게소에서 차떼기를 했습니다. 그 결과, 증인이 남았습니다. 촬영된 영상도 남았고요. 과연 그들이 다시 휴게소를 이용할까요?"

"하긴, 그렇겠지. 더군다나 요즘은 시대가 바뀌어서 사방에 카메라에 스마트폰까지 있으니 차라리 사람들이 없는 곳에서 거래하는 게 더 좋겠지."

"그럴 겁니다."

노형진이 고개를 끄덕거리는 그때, 앞 좌석에 있던 금발의 남자가 심각한 얼굴로 입을 열었다.

하지만 그의 말은 영어여서 알아듣는 사람이 별로 없었다.

"그 차떼기라는 게 진짜로 있었던 일입니까?"

"있었던 일입니다."

노형진은 고개를 끄덕거리면서 인정했다.

"미쳤군요."

그는 고개를 절레절레 흔들면서 한숨을 쉬었다.

"한국이라는 나라는 제정신이 아닌 것 같습니다. 그렇게 뇌물을 트럭째로 받는 것을 알면서도 또 표를 줘요?"

"한국의 정치는 에밀 씨의 나라인 스웨덴처럼 깨끗한 편이 아니라서요."

"깨끗? 이 정도면 깨끗이 아니라 그냥 독재국가입니다. 그 것도 부패가 아주 심한 독재국가. 도대체 어떤 놈의 나라가 정당에서 자금을 확보하기 위해 위폐를 자체 생산한답니까?"

에밀은 코웃음을 치면서 다시 앞을 바라봤다.

그러자 그 말을 알아들은 손채림은 왠지 어색하게 웃으면서 옆에 앉아 있는 노형진의 옆구리를 쿡 찌르고는 귓속말로 대화했다.

"야. 아무리 그래도 그렇지, 위폐를 신고해?"

"그런 건 신고해야지. 안 그래?"

"그건 그런데……."

그 위폐를 만든 건 노형진 아닌가? 그걸 넘겨준 것도 노형진이고.

그런데 신고한 것도 노형진이다.

"알면 어쩌려고?"

"알 수가 있을까?"

"그, 그건……."

알 수가 없을 것이다.

뇌물 수수란 철저한 보안 속에서 이루어지는 일이다.

저들이 가진 정보는 오로지 마카모토공정의 두 직원뿐이다.

그리고 그 두 직원은 애초에 한국 사람도 일본 사람도 아
니다. 심지어 중국 사람도 아니다.

'전혀 엉뚱한 나라의 사람들이지.'

동양이라는 것 빼고는 감을 잡을 수 있는 게 전혀 없다.

그들을 추적해 봐야 나오는 것도 없을 건 뻔한 일.

심지어 그들은 일하기 전에 시술로 최대한 얼굴 형태를 바
꾸는 식으로 이미지를 바꿔서 외형만으로는 추적이 불가능
할 것이다.

저 트럭을 운전하는 사람도 마찬가지.

자신들과 마찬가지로 저들은 꼬리를 자르기 위해 아무것
도 모르는 사람을 운전사로 쓴 게 확실했다.

"아무리 그래도 그렇지, 인터폴이라니."

유찬성도 기가 막히다는 얼굴이 되었다.

"신고는 해야지요."

"허."

노형진이 불러온 그 도움을 줄 사람.

그들은 다름 아닌 인터폴이었다. 즉, 국제형사경찰기구.

그들은 전 세계적인 범죄를 수사할 수 있는 권한이 있다.

당연하게도 중국에서 제작되어 한국의 주요 정치 단체가 밀반입하는 것으로 추정되는 고액의 위조지폐는 그들의 관심을 끌기에 충분했다.

"그래도 생각과는 좀 다르네."

"뭐가?"

"아니, 인터폴이라고 하면 막 날아다니면서 경찰을 동원하고 총을 쏴 댈 줄 알았는데."

"넌 도대체 무슨 영화를 본 거냐?"

손채림의 말에 노형진은 고개를 흔들었다.

"애초에 인터폴은 국제 협력 기구에 가깝지, 수사기관이 아니라고."

영화에서 나오는 인터폴의 모습은 두 가지다.

관료제에 찌든 무능한 모습과, 다른 나라의 법을 무시하고 총질하고 싸우고 죽이겠다고 달려드는 멋진 모습.

"인터폴 혼자서는 아무것도 못 해."

어떤 지역에 범죄자가 나타나도 그 국가의 법을 무시하고 인터폴이 가서 체포하거나 수사할 수는 없다.

인터폴에서 수배를 내리면 그 나라에서 체포해서 인터폴에 넘겨줄 수는 있지만 말이다.

"인터폴 수사관이라는 존재도 마찬가지야. 그들은 수사나 사건 개입은 못 해."

"그래서 저렇게 심각한 표정으로 보고만 있는 거야?"

"그래."

수십억의 위폐 사건이라 인터폴에서 심각하게 조사해야 하는 상황이지만 하필이면 사건이 벌어진 나라가 범인들이 현 정권을 쥐고 있는 곳이었다.

"더군다나 지금 한국의 언론의자유와 기타 정치는 심각하게 타락했다는 게 인터폴을 비롯한 여러 단체의 판단이야. 그런 상황에서 인터폴은 아무래도 섣불리 한국의 경찰이나 검찰에 협조 요청을 못 하지."

"하지만 증거가 생긴다면 이야기가 달라진다 이거구나."

"그래."

인터폴은 당당하게 증거를 가지고 한국 경찰과 검찰에 수사 협조를 요구할 수 있고, 한국 경찰은 다른 곳도 아닌 인터폴의 수사 협조 요청을 거부할 수는 없다.

상위 집단은 아니지만 인터폴은 범죄자를 잡기 위해서 만들어진 국제기구.

그곳의 수사 협조 요청을 이유도 없이 거부한다면 전 세계에서 대한민국을 어떻게 볼지는 뻔하다.

안 그래도 국제적으로 준독재국가 취급당하면서 언론의자유를 비롯한 모든 자유도가 말 그대로 추락하는 수준으로 떨어진 상황에서 인터폴의 수사까지 거부하면 그냥 독재국가라고 인정하는 꼴이 된다.

"그래서 저렇게 억울하다고 추적 장치만 뚫어지게 바라보고 있는 거구나."

"정답."

수십억의 위조지폐범을 추적하고 있는데 아무것도 하지 못하고 현장을 지켜보기만 하고 있으니 에밀의 속은 시커멓게 타는 기분이었다.

"그나마 다행이군요, 내부에서 누군가 신고했다고 하니."

"하지만 저희도 한계가 있어서……."

"알고 있습니다. 현 정권을 공격하는 건 쉬운 일이 아니지요. 더군다나 그런 사건을 일으키고도 대통령을 선출시켰다면 그들의 범죄가 어디까지 뻗어 있는 건지, 무서울 정도입니다."

에밀은 스웨덴 사람이다. 그리고 스웨덴은 상당히 정치적 청렴성이 높은 나라다.

그런 그에게 있어서 수백억을 차떼기로 받은 정당이 재기한다는 것은 상상도 못 할 일이었다.

"슬슬 도착하는 모양입니다. 그런데 저 안을 알 수가 없네요. 들어갈 수도 없고."

그들이 도착한 곳은 어두운 캠핑장.

아무도 없는 공간이었다.

한겨울에 이런 산속의 캠핑장에 올 사람은 없다. 당연히 손님도 없으니 관리인도 없는 곳이었다.

트럭 운전수는 그 안으로 들어가 주차장에 차를 세웠다. 그리고 조심스럽게 주변을 둘러보다가 입구로 나왔다.

입구에는 처음부터 주차되어 있던 차량이 한 대 있었는데, 그 차에 올라탄 트럭 운전수는 뒤도 안 돌아보고 그곳을 떠났다.

"기다려 봅시다."

에밀은 눈을 찌푸리면서 말했다.

안에 들어가서 확실한 증거를 모으고 싶지만 자신들이 접근하면 당장 무슨 의심을 할지 모른다. 주변에 감시인이 있을지도 모르고 말이다.

"안을 보고 싶은데 그럴 수도 없고, 방법이 없군요. 위치상 접근하는 것도 불가능해 보이고. 상당히 고심해서 자리를 잡은 모양입니다."

에밀은 입구 쪽을 보면서 아쉽다는 듯 말했다.

안쪽을 봐야 무슨 일이 벌어지는지 알 수 있는데 이러면 심증만 있지 물증은 없는 상황이 되어 버린다.

그 말에 노형진이 피식 웃었다.

"그런 문제쯤이야. 그건 걱정하지 마세요. 미리 준비했습니다."

"준비요?"

노형진은 어디론가 전화했다.

그러자 잠시 후 조용한 밤하늘에서 뭔가 날아가는 소리가 들렸다.

아주 작은 소리였기 때문에 신경을 쓰지 않으면 들을 수가 없는 정도의 소리.

"이건 설마……?"

"드론이지, 후후후."

야간 촬영에 대비해서 적외선 렌즈를 장착한 드론이 하늘을 날아오고 있었다.

"하지만 드론은 오래 못 날잖아."

사람들은 드론이 무척이나 오래 난다고 생각한다.

하지만 사실 아무리 좋은 드론이라고 해 봐야 30분 이상 나는 것이 쉽지 않다.

배터리의 무게가 많이 나가면 날아오를 수가 없는데, 파워를 증폭하면 무게가 늘어나서 날지 못하기 때문에 추가 배터리도 달 수가 없다.

"드론이 꼭 날라는 법 있나?"

노형진은 이미 준비한 듯 트렁크에서 노트북을 하나 꺼내서 전원을 넣었다.

그러자 잠시 후 노트북의 화면에 미리 연동시켜 둔 드론에서 비추는 밤하늘이 나타났다.

"어어?"

드론은 주변을 도는 듯하더니 어딘가로 천천히 다가가 그대로 멈췄다.

하지만 화면은 꺼지지 않았다.

"설마?"

"드론이 배터리를 많이 먹는 가장 큰 이유는 바로 비행이야. 그러니까 적당한 위치에 자리 잡고 촬영만 한다면 몇 시간은 충분히 촬영할 수 있어."

"아!"

하늘에서 찍는다는 것만 생각했지 착륙해서 촬영하는 건 생각도 못 했던 듯, 사람들은 입을 쩍 벌렸다.

"훌륭하군요. 이렇게 하면 급박하게 CCTV로 쓸 수 있겠군요."

새로운 수사 기법을 발견한 에밀의 눈빛이 반짝거렸다.

안 그래도 증거를 모으려고 할 때 곤란하게 바로 카메라다.

자신들이 카메라를 이용해서 증거를 모으려고 하는 것만큼 범죄자들도 카메라를 피하려고 하기 때문이다.

"이렇게 한다면 충분히 몰래 촬영이 가능하겠네요."

비행을 하지 않으니 비행 소음도 없고, 배터리는 촬영하는 데에는 충분하고, 거기에 고음향 마이크 하나 달아 두면 녹음도 가능하다.

"이 기술을 배운 것만으로도 한국에 온 게 손해 본 게 아니네요."

에밀의 탄성에 노형진이 머쓱하게 웃었다.

"기술이라기보다는 아이디어죠."

드론의 크기는 크지 않았기 때문에 적당한 어둠 속에 자리를 잡자 보이지 않았다.

그렇게 얼마나 지났을까?

입구 쪽에서 불빛이 어른거리더니 이내 한 대의 SUV가 나타났다.

"드디어 왔군요."

트럭으로 다가온 차량에서는 두 사람이 내려서 그 트럭을 살피다가 뒤쪽 화물칸을 열었다.

-휘유, 이거 봐라. 이게 5억 엔이라 이거지?

가득 들어차 있는 박스를 보고 혀를 내두르는 두 사람.

-이거 하나 슬쩍해? 아, 씨발. 탐나네.

-좆같은 소리 하지 마. 곱게 죽고 싶지 않은 거야?

-그건 아니지만……. 아, 씨발. 이 돈을 두고 그냥 구경만 해야 하나?

-아랫놈이 그런 거지, 뭘 그래.

-하긴, 언제는 안 그랬나? 그나저나 종복만 그 새끼는 야당 대통령 후보라는 놈이 우리 쪽 우리 프락치 노릇이나 하고 자빠졌고.

-그 새끼 후보 만드느라고 우리 쪽에서 얼마를 썼는데. 안 그래도

그거 회수한다고 당에서 아주 싱글벙글하더라.

　―아, 씨발⋯⋯. 진짜 한 박스만 뿌리고 싶다.

　―개소리하지 마. 돈독이 오른 놈들이 비는 거 잘도 모르겠다. 더군다나 정확하게 5억 엔이라고. 그걸 아는 놈들이 빈 거 모르겠냐?

　―에이, 더러워서. 내가 국회의원을 하든가 해야지.

　―지랄도 풍년이다. 이건 내가 몰고 갈 테니까 네가 우리 차 끌고 와.

　―알았어.

　두 사람은 각자 차량에 타고 움직이기 시작했다.

　그걸 모두 지켜본 노형진은 씩 웃었다.

　"빙고."

　완벽한 함정에 빠졌다.

　그러나 그걸 보면서 에밀은 눈을 잔뜩 찌푸렸다.

　알아들을 수 없었기 때문이다.

　"뭐라고 한 겁니까?"

　"현 여당 대통령 후보 중 한 명이 야당의 스파이랍니다."

　"왓! 뭐요? 그게 무슨 말입니까?"

　"말 그대로입니다. 내부에 스파이로 심었던 사람이 현재 야당의 대통령 후보가 되었다는 거지요."

　"왓 더⋯⋯."

　너무나 당혹스러운 상황에 에밀은 눈을 감고는 절레절레 흔들었다.

"도대체가……. 이 정당은 무슨 사기꾼 집단이랍니까? 신성한 국회에 스파이라니."

물론 반대 정당과 친하게 지내는 사람들이 있기는 하다.

그들은 중립을 지키는 사람들이니 중간에서 중재를 해 주면서 정치하는 게 맞다.

하지만 스파이는 전혀 다른 문제다.

"그런 세상이지요."

노형진은 씁쓸하게 미소 지었다.

하지만 속으로는 환호를 내질렀다.

'완벽하게 걸렸어.'

이제는 저들이 아무리 노력해도 지금 상황은 벗어날 수가 없게 된 것이다.

"이제는 바로 움직이지요."

"바로 움직여요?"

"저들은 바로 아지트로 갈 겁니다. 그리고 그곳에는 상당한 돈이 쌓여 있을 테고요."

노형진의 말에 운전수는 시동을 걸었다.

"과연 저들이 무슨 말을 할지 참 기대되네요."

⚖️

종복만의 손은 부들부들 떨렸다.

신문에 올라간 메인 뉴스.

그건 도무지 이해가 가지 않는 뉴스였다.

현 야당 대표 대통령 후보 1순위 종북만, 알고 보니 여당의 프락치?

국회의원까지 스파이 하는 세상

종북만, 뇌물받아서 여당에 공여. 종북만 여당 스파이설, 진실인가?

자극적인 제목으로 도배되어 있는 뉴스를 보면서 그는 자신도 모르게 털썩 주저앉았다.

"어…… 어떻게 된 거지? 이게 뭐야?"

"저도 잘 모르겠습니다. 갑자기 어제 미국에서 먼저 뉴스가 터져서……."

"미국?"

"네."

노형진은 이런 뉴스를 한국에서 터트릴 만큼 멍청하지 않았다.

한국에 터트려 봐야 순식간에 사라질 테니까.

그래서 그는 일단 미국에 뉴스를 터트렸다.

미국이 아무리 한국에 관심이 없다고 해도 이건 그냥 넘어갈 만한 뉴스가 아니었다.

반대되는 정당이 다른 정당의 정보를 캐내기 위해 스파이를 심는다는 것은 역사적으로 유례가 없던 일인 데다가 그 스파이를 키워서 대통령까지 만들려고 했다는 것은 전 세계의 관심을 받고도 남을 정도의 일이니까.

"전 세계에서 이번 일을 헤드라인으로 다루고 있습니다."

"어떻게든 막아! 막으라고! 이게 새어 나가면……!"

"의원님, 이미 새어 나갔습니다."

"……."

종복만은 입을 꾸욱 다물었다.

당장 자기 손에 놓여 있는 게 신문이다.

신문에 이렇게 대서특필되었는데 새어 나가지 않았다는 건 말도 안 된다.

"당에서는 뭐라고 해?"

"어떤 당 말씀이십니까?"

종복만은 비서를 무서운 눈빛으로 바라보았다.

하지만 그 이상은 할 수가 없었다.

그는 공식적으로는 비서지만 사실 여당 쪽에서 자신에게 붙여 준 사람이 아닌가?

"어느 쪽이든."

"여당 쪽은 말도 안 되는 소리라고 부정하고 있습니다. 야당 쪽은, 의원님과 다른 파는 조사를 요구하고 있고 의원님 파는 말도 안 되는 흑색선전이라고 주장하고 있습니다."

"그러면 명확한 증거는 없다는 거네?"

"여러 가지 정황증거뿐입니다."

종복만은 이를 뿌드득 갈았다.

"일단 부정해. 말도 안 되는 소리라고."

"이미 하고 있습니다."

"큭."

"잠깐만 참으시면 됩니다. 오늘 뉴스이니 하루 이틀만 지나면 흑색선전으로 끝날 일입니다."

종복만은 무력하게 고개를 끄덕거리는 수밖에 없었다.

⚖️

"왜 안 터트린 거야?"

"뭐?"

"동영상 말이야."

"아아, 그거."

노형진은 미국에 터트릴 때 동영상은 터트리지 않았다.

그래서 사람들은 싸우는 중이기는 하지만 이쪽이 유리한 건 아니었다.

"세 가지 이유 때문에."

"세 가지 이유?"

"그래. 첫 번째는, 처음부터 너무 충격적이면 여당에서 아예 차단할 수도 있다는 거."

"아……."

여당은 언론을 꽉 잡고 있다.

미국에서 사건을 공론화했다고 하지만 그걸 한국 언론에서 보도하기 위해서는 그들이 번역해서 내놔야 한다.

그런데 처음부터 사건을 크게 터트리면 여당과 정부는 그걸 철저하게 막을 것이다.

"하지만 증거도 없고 그냥 흑색선전쯤 되는 거니 막을 이유가 없는 거지."

"하지면 여당에서는 사실을 알잖아?"

"그렇지. 하지만 알아 봤자 얼마나 알겠어?"

"뭐? 그게 무슨 소리야? 사건 당사자인데."

"내가 말하는 건 사건에 대한 진실을 아는 깊이가 아니라 숫자야. 이런 일을 개나 소나 다 알게 떠들고 다닐까?"

"아하!"

무려 20년을 안에서 은밀하게 키운 스파이다.

그 사실을 당원들이나 실무진이 다 알았다면 사방팔방으로 새어 나갔어야 정상이다.

"그렇지 않다는 것은 핵심 멤버 몇 명만 안다는 거지. 그리고 그들이 일일이 언론에 나갈 뉴스를 거르지는 않거든. 20년이나 당의 핵심에 있던 인간들이 그걸 다 관찰하고 있겠어?"

"그렇구나."

그걸 골라내는 직급은 그걸 몰랐을 것이다. 그래서 언론을 통해 별로 통제하지 않았을 테고 말이다.

그냥 흑색선전 취급하면 되는 헛소문쯤으로 생각했을 가능성이 높다.

"어찌 되었건 국민들에게 관련 사실이 알려졌지. 대부분의 사람들은 이 사실을 알걸. 물론 흑색선전으로 생각하고 있겠지만."

"두 번째는?"

"사람들의 입을 다물게 하기 위해서."

"뭐?"

"만일 증거와 함께 사실을 터트리면 어떻게 될까?"

"극렬하게 싸우겠지."

"그렇지?"

어떻게든 상황을 바꾸고자 반대파는 극렬하게 저항하게 된다.

"하지만 증거가 나중에 발견된다면?"

"응?"

손채림은 고개를 갸웃했다.

나중에 발견된다면? 전혀 예상하지 못한 질문이었다.

"전혀 모르겠는데?"

답이 있을 텐데, 뭔지 전혀 알 수가 없었다.

"사람은 변명하지."

"뭐?"

"신념과 변명 중 어느 게 앞서느냐의 문제야."

만일 동시에 터트린다면 사람들은 신념을 우선한다. 뭔가를 지켜야 한다는 생각 때문이다.

그래서 자신들이 내민 증거를 본 척도 안 하고 조작이라고 밀어붙인다.

"하지만 의심을 먼저 심고 나중에 증거를 들이밀면? 그러면 신념보다 변명이 더 앞으로 나오지."

"아!"

자신도 의심하고 있었을 수밖에 없으니 인간은 합리적으로 자신에게 유리한 선택을 하려고 할 것이다.

이럴 줄은 몰랐다고, 또는 내가 속았다고 변명하는 식으로 말이다.

"자신도 의심한 이상 순수하게 편을 들어 주기는 애매해지거든."

"그래서 안 터트린 거야?"

"그래. 이게 나중에 터지면 종복만과 여당을 편들어 주던 사람들은 쪽팔림에 입을 다물 거야. 그리고 너도 알다시피, 입을 다무는 순간 여론은 뒤집어지기 마련이지. 아마 처음부터 터트렸다면 어떻게 해서든 저쪽은 반전 여론을 만들어 내려고 했을걸."

"허얼."

하지만 순차적으로 터트리면 반전 여론을 만들어 내고 싶어도 사람들에게 이미 의심이 생겼기 때문에 쉽지 않다.

그리고 증거가 나가는 순간 의심은 확신이 되어 버린다.

"마지막 세 번째는 분노야."

"분노?"

"아까도 말했다시피 증거 없이 의혹만 터트리면 종복만과 여당이 어떻게 하겠어?"

"당연히 부정하고 흑색선전으로 몰아가겠지. 그건 물어볼 이유조차 없잖아? 지금 그러고 있으니까."

현재 여당은 말도 안 되는 개소리라고 비웃고 있고, 종복만은 반대파의 흑색선전이라고 몰아가고 있다.

그리고 대부분의 언론은 그런 그들의 논조를 그대로 전달하는 상황.

"그런데 그 상황에서 그들이 거짓말했다는 증거가 나온다면?"

"아……."

사람들이 상대방에게 실망하는 이유는 여러 가지다.

그리고 그중 하나는 바로 거짓말이다.

"우리가 처음부터 공개했을 경우 우리가 사람들에게서 뽑아낼 수 있는 분노가 50 정도라고 본다면, 이렇게 순차로 공개해서 저들이 거짓말을 했다는 사실을 각인시켰을 경우에는 최소한 70 이상은 뽑아낼 수 있지."

명백하게 국민들에게 거짓말한 셈이기 때문이다.

그리고 자신들에게 대놓고 거짓말한 사람들에게 국민들은
표를 주지 않을 것이다.

"함정을 판 거구나."

"그래. 일단 한번 부정해 줘야 사람들이 더 열받지."

"무서운 놈."

손채림은 자신도 모르게 부르르 떨었다.

"그러면 이제 터트리는 거야?"

"그래야지. 이번에는 어떻게 대응하는지 두고 보자고."

노형진은 CD를 들어 올리면서 미소 지었다.

⚖️

종복만은 영혼이 나간 듯한 표정이었다.

어젯밤 미국에서 자신과 관련된 증거 영상을 내놨다.

자신이 돈을 받는 장면부터 그 돈을 여당에 넘겨주는 장면
까지, 전부 그대로 찍혀 있었다.

그러자 자신에 대한 우호적인 말은 순식간에 사라졌고, 사
람들은 자신에 대한 분노만을 표출하고 있었다.

"당에서는 뭐라고 하나?"

"당장 사퇴하고 경찰 조사에 임하랍니다."

종복만이 속한 당은 증거가 나오자 경악했다. 그리고 그를
그렇게 빨아 주던 사람들은 한순간 돌변해서 종복만을 물어

뜯고 있었다.

"여기 말고 다른 당 말이야. 내가 여기에서 뭐라고 하는지 몰라서 묻겠나?"

종복만은 그렇게 물어보면서도 힘이 없었다.

물어본다고 한들 달리 뾰족한 방법이 없다는 것은 알고 있기 때문이다.

"당에서는……."

비서관은 아무런 말도 하지 않다가 입을 열었다.

"사직서를 내고 나오랍니다."

"그게 무슨……?"

"미안합니다."

비서관은 해결책 대신에 사직서를 내밀었다.

그리고 그걸 본 종복만은 눈을 질끈 감았다.

안 봐도 뻔하다. 자신은 버려졌다.

"내가 입을 열면 무슨 일이 벌어지는지 아나?"

"압니다. 그리고 종복만 의원님도 그런 짓을 하면 무슨 일을 당할지 아실 거라 믿습니다."

"……."

어떻게 해서든, 협박을 해서라도 살아 볼까 하던 종복만은 순간 입이 다물렸다.

자신이 입을 다물면?

그냥 물러나서 조용히 살면 그만이다.

하지만 입을 열면?

'한국은 실종과 의문사가 많은 편이라고?'

지난번 찾아왔던 건장한 남자의 말이 머릿속에서 지워지지 않는 종복만이었다.

"인정은 하지 말고 후보 사퇴만 하라는 게 당의 전언입니다."

"알았네."

그는 눈을 질끈 감았다.

다음 총선에서는 자신의 공천권은 박탈될 것이다.

물론 무소속으로 나가서 당선될 수도 있겠지만…….

'과연 야당에서 받아 줄까?'

그건 모를 일이다.

그렇다고 여당에 갈 수는 없는 노릇이고 말이다.

"그것 말고는 저희가 도와드릴 수 있는 방법은 없습니다."

비서관은 책상에 놓인 사표를 물끄러미 바라보다가 뒤도 안 돌아보고 사무실을 나갔다.

그러자 그 뒤에서 그 모습을 지켜보던 종복만은 힘없이 눈을 감았다.

⚖

―현재 비자금이 들어간 곳으로 알려진 안가에서는 경찰과 경호원들의 첨예한 대립이 이루어지고 있습니다. 인터폴은 현 정부에서

정치자금과 뇌물로 쓰기 위해 5억 엔 상당의 일본 화폐를 위폐로 만들어서 가지고 간 혐의를 포착하고 경찰에 조사를 요구하여…….

－여당에서는 자신들은 그런 사실이 없다고 주장하면서도 내부로 진입하려는 경찰을 필사적으로 막고 있으며……. 앗! 저기 연기입니다! 저택의 뒤쪽에서 연기가 보이고 있습니다!

노형진은 뉴스를 보다가 피식 웃으면서 TV를 껐다.

"연기라……. 돈을 태우는 건가?"

"그렇겠지."

경찰이 들어오면 엄청난 양의 위조지폐와 그들이 수십 년간 쌓아 둔 어마어마한 로비 자금이 발각될 게 뻔하다.

그러니 그들은 다급하게 불을 피워서 돈을 태우고 있는 중일 것이다.

"그사이에 다 태울 수 있을지는 궁금하지만 말이지."

아마 태우면서 박스를 열어 봤을 테니 그게 위폐인 걸 알고 속이 좀 쓰릴 것이다.

"아니, 어차피 태울 돈이니 속은 안 쓰리려나?"

"잔인하다, 잔인해."

지난번에 이어 이번에도 비자금이 대량으로 날아갔으니 저들은 미치고 팔짝 뛸 것 같은 심정일 것이다.

하나 그렇다고 그냥 있자니, 경찰이 들어오는 순간 자신들의 모든 범죄가 입증된다.

"태운다고 해서 입증이 안 되나?"

"의심받는 것과 입증되는 것은 전혀 다르거든."

"그런가?"

"그래. 어차피 이미 떠날 사람은 다 떠난 상황이야. 남은 건 콘크리트 지지층뿐이지. 범죄가 입증되면 그들도 떠나게 될 거야. 하지만 의심만 받는 걸로는 안 떠날걸."

"다른 사람들은 다 버리더라도 콘크리트 지지층만은 잡겠다 이건가?"

"그래."

"어리석은 건지, 아니면 똑똑한 건지⋯⋯."

손채림은 고개를 절레절레 흔들며 말했다.

"그나저나 이제 다 끝난 거야?"

"끝난 거지."

종복만은 더 이상 재기할 수 없을 것이다.

거기에다가 종복만이 여당의 스파이였던 것이 드러났으니 여당의 지지율은 바닥을 뚫고 아래로 떨어질 게 뻔했다.

"내가 할 수 있는 건 다 했어. 남은 건 이제 국민들의 선택뿐이야."

노형진은 눈을 슬며시 감았다.

그 머릿속에서는 수많은 생각이 몰아쳤다.

'내가 돌아온 지 몇 년이나 된 거지? 이제 역사는 완전히 바뀐 건가?'

지금까지는 자신이 아는 역사대로 흘러왔다. 하지만 이제는 대통령 후보가 바뀌었다.

그렇다면 이 미래는 자신이 전혀 알지 못하는 전혀 새로운 미래가 된다.

'기대라고 해야 하나, 두려움이라고 해야 하나.'

전혀 알지 못하는 미래.

어떻게 바뀔지 알 수 없는 내일.

그 생각을 하던 노형진은 빙긋 미소를 지었다.

내일을 알 수 없다는 것. 그건 내일에 대한 희망을 가질 수 있다는 소리다.

"그래, 희망이 있다면 뭐든 할 수 있지."

노형진이 다시 눈을 떴을 때, 그의 앞에는 손채림이 딱딱한 얼굴로 서 있었다.

"왜 그래?"

"전화받아 봐."

"응?"

손채림은 이야기하는 대신에 들고 있던 전화기를 넘겨줬다.

그리고 노형진은 그다음에 들리는 목소리에, 방금 전까지 품었던 희망이 사라지는 것을 느낄 수밖에 없었다.

그들은 어디에나 있고
어디에도 없다

　—나는 헌법을 준수하고 국가를 보위하며 조국의 평화적 통일과 국민의 자유와 복리의 증진 및 민족문화의 창달에 노력하여 대통령으로서의 직책을 성실히 수행할 것을 국민 앞에 엄숙히 선서합니다.

　뉴스에서는 대통령 선서 장면이 나오고 있었다.
　결국은 야당의 후보가 대통령이 되었다. 그건 예상된 일이었다.
　하지만 그 후보는 누구도 예상하지 못한 사람이었다.
　"홍안수라니……. 이건 완전히 의외인데요."
　"가끔 그런 기적 같은 일이 벌어지곤 하지."
　유민택은 한숨을 내쉬면서 그렇게 말했다.

"홍안수라……. 어떤 사람입니까?"

"글쎄……. 일단 우리 쪽에 나쁜 사람은 아닌 것 같은데."

자본주의를 신봉하는 신자유주의자이며 또한 친기업가적 사람이 바로 홍안수였다.

그런 사람이 대통령이 되었으니 기업인인 유민택의 입장에서는 불리할 게 없다.

"유찬성 의원은 뭐라고 하던가?"

"아쉽기는 하지만 대통령이 자기 당에서 나왔으니 최선을 다해서 밀어주는 것이 이제 자기 책임이라고 하더군요."

"그렇지. 그게 정상이지. 더군다나 나라가 이 꼴이니. 그나저나 홍안수라……. 전혀 준비가 되어 있지 않아서 당혹스럽군."

"저희도 솔직히 당혹스럽습니다. 그가 될 거라고는 생각도 못 했거든요."

노형진은 씁쓸한 생각이 들었다.

유찬성이 밀어주던 남기헌 후보는 원래 2등이었다.

그래서 종복만이 물러난 후에 1등으로 치고 올라갈 수 있는 상황이었다.

그런데 난데없이 터진 홍안수의 피습 사태로 인해 표가 모조리 홍안수에게 쏠린 것이다.

"홍안수라……."

노형진은 홍안수라는 이름을 기억에서 더듬으며 생각에 빠졌다.

원래 역사대로라면 대선에 출마하지 않았던 사람이다. 그런 그가 갑자기 대선 후보가 되어 버린 것이다.

"잘되기를 빌어야지."

유민택은 한숨을 내쉬면서 아쉽다는 듯 말했다.

각 기업들은 난리가 났다.

전혀 예상하지 못한 사람이 대통령이 되는 바람에 그에 대한 대응책을 강구하기 위해서였다.

"전 영 불안합니다."

"어째서? 모르는 사람이라서?"

"그게 아닙니다. 원래 다크호스라는 건 있을 수 있으니까요. 하지만 갑작스러운 피습이라니……."

"그런 거야 있을 수 있는 사건 아닌가?"

"그건 그렇지요."

단순히 피습을 당했다는 이유로 그의 지지율이 오른 건 아니다.

홍안수의 지지율이 오른 이유.

그건 그가 그 이후에 보여 준 모습 때문이었다.

그를 피습한 남자는 커터 칼로 공격을 해 왔다. 그런데 홍안수는 그걸 팔로 막았다.

그 후에 그는 흥분한 남자를 진정시키면서 다독거리며 현장을 빠져나갔다.

그러자 자신을 공격한 사내를 두둔할 정도의 모습에 사람들은 감동했고 그의 지지율은 하늘 높은 줄 모르고 치솟았다.

"그런데 그게 영 이상해요."

"어째서?"

"경호가 그렇게 부실했다는 것도 이상하고."

"그건 자네가 몰라서 하는 말이야. 선거 중에 그 어떤 정치인이 경호원의 호위를 받으며 몰려다니나? 한 사람이라도 더 만나고 악수하려고 하지."

"그게 보통이기는 하지만……."

"뭐 걸리는 게 있나?"

"피습 후의 모습도 이상하고요."

"이상하긴. 멋진 모습 아닌가? 우리는 그런 대통령 후보를 원하는 거였네."

'글쎄요.'

노형진은 차마 말을 하지 못했다.

하지만 그 당시 상황이 도무지 이해가 가지 않았다.

'어째서 경호가 그따위지?'

다른 사람도 아닌 대선 후보 중 한 명이다. 아무리 경선 중이라곤 해도 그 중요도가 이루 말할 수 없다.

한데 그런 사람이 피습당했는데 경호원 중 단 한 명도 그를 신경 쓰지 않았다.

물론 가해자를 제압하고 찍어 누르기는 했다. 그건 사실이다.

'하지만…….'

경호하던 중 사건이 일어나면 일단 보호 대상을 최대한 안전한 곳으로 데리고 가는 것이 경호의 기본이다.

아무리 경호 대상이 말렸다고 하지만 경호원이 경호 대상이 피습 대상에게 다가가서 다독거리는 걸 그냥 구경만 한다?

'그건 말이 안 되는데.'

더군다나 아슬아슬하게 피한 것도 아니다.

커터 칼에 팔이 베여서 피를 흘리는 모습이 카메라로도 훤하게 보였다.

그런데 그걸 그냥 둔다?

"너무 의심하는 거 아닌가?"

"그럴지도요. 이번 사건도 워낙 이상한 게 많으니."

"하긴, 변호사들에게 의심병은 일종의 직업병이지."

옆에 있던 송정한도 피식 웃으며 말했다.

"걱정하지 말게. 잘하실 거야. 그래도 한 나라를 이끌어 가실 분인데 말이지."

"그러기를 바라야지요."

노형진은 입맛을 다시는 것 말고는 할 수 있는 게 없었다.

"결국 미래는 바뀌었습니다. 그리고 이제 누구도 모르는 미래를, 우리는 준비해야 합니다."

"언제는 안 그랬나?"

노형진은 그저 웃을 수밖에 없었다.

그렇게 취임식이 끝나고 노형진은 다시 일에 집중했다.

　　대통령이 바뀌었다고 해서 놀 수는 없는 노릇이다. 그의 도움을 받고 싶어 하는 수많은 사람들이 기다리고 있었으니까.

　　"오늘은 이쯤할까?"

　　노형진은 마지막으로 정리한 서류를 덮고는 자리에서 일어났다.

　　그리고 사무실의 불을 끄고는 바깥으로 나가려고 했다.

　　"어? 채림아? 어쩐 일이야?"

　　그런데 문을 열었을 때 눈앞에 서 있는 것은 다름 아닌 손채림이었다.

　　"지금 퇴근하는 거야?"

　　"그래."

　　"그러면 잠깐 이것 좀 보고 나가."

　　"뭘?"

　　노형진을 끌고 다시 안으로 들어온 손채림은 불도 켜지 않고 텔레비전을 틀었다.

　　그리고 채널을 돌려서 뉴스 채널로 바꿨다.

　　"무슨 일인데? 뭐 큰일이라도 터진 거야?"

　　손채림은 대답하지 않고 채널만 돌렸다.

　　그런 그녀의 모습에 노형진은 시선을 조용히 TV로 돌렸다.

그리고 곧 얼굴이 손채림만큼이나 딱딱하게 굳어지기 시
작했다.

　―홍안수 대통령 각하께서는 오늘 대승적 차원으로 대통령 1호 명
령으로, 현재 이루어지고 있는 보수 진영에 대한 수사를 모두 중지
하고 사면하기로 하셨습니다. 각하께서는 보수와 진보의 대통합을
실천하고…….

　그 뒤에 이어지는 아나운서의 말은 하나도 들리지 않았다.
　시끄러워서가 아니다. 그 말이 너무나 충격적이었기 때문
이다.
　"이런 미친……."
　현재 자칭 보수라고 했던 전 정권, 그러니까 현 야당의 비
리는 이루 말할 수 없을 정도였다.
　일단 홍안수가 피습된 것도 그들의 공격이라는 말이 있었다.
　그리고 당장 드러난 것만 해도 엄청난 금액의 뇌물 수수
선거법 위반부터 그 당시 야당에 대한 스파이 행위와 노형진
이 쓰러트렸던 최재철의 학살 사건까지, 그 많은 사건들이
모두 현 정권에서 수사해야 하는 것들이었다.
　"그걸 모조리 수사하지 않겠다고?"
　대통령 1호 명령. 그건 아주 중요한 명령이다.
　그 대통령이 무엇을 중심으로 나라를 이끌어 가는지 판단

하는 명령이기 때문이다.

그런데 홍안수는 그 1호 명령으로 전 정권의 전면적인 사면을 지시한 것이다.

"어떻게 생각해? 상식적으로 말이 안 되지 않아?"

손채림은 딱딱하게 굳은 얼굴로 말했다.

"말이 안 되지."

"저걸 야당…… 아니지, 이제는 여당 사람들이랑 이야기한 걸까?"

"그럴 리 없지."

그들이 미치지 않고서야 첫날부터 이런 명령을 내리는 것을 그냥 두고 보지는 않을 것이다.

전 정권을 정리하고 범죄를 처벌하는 것은 전 세계 어느 나라에서든 이루어지는 일이기 때문이다.

정치 보복이 아니다. 말 그대로 범죄에 대해서는 처벌하는 것이다.

하지만 대통령의 말은 단호했다.

단순히 처벌하지 않는 정도가 아니라, 수사조차도 막겠다는 의지.

"이건 설마……."

손채림은 한 가지 가능성을 떠올렸다. 하지만 설마라는 생각이 들었다.

그러나 노형진 역시 똑같은 생각이 머릿속을 맴돌았다.

"스파이가 한 명뿐이라는 증거는 어디에도 없었으니까."

"⋯⋯."

두 사람은 어둠 속에서 빛나는 TV 화면을 바라보면서 침묵을 지켰다.

역사는 바뀌었고, 누구도 알지 못하는 미래가 다가왔다.

다음 권으로 이어집니다

200평 초대형 24시 만화방

- 수면실 (침대식)
- 사우나석
- 다인석
- 샤워실
- 세탁기
- 신간100%

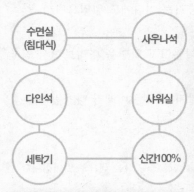

📖 수원 인계동점

- 나해석거리
- 농협
- CGV
- 수원시청역 ⑧
- 무비 사거리
- 소주한잔 건물 24시 만화방 3F
- 흥콩반점
- 홈플러스

TEL : 031-226-3771
수원시 팔달구 인계동 1041-11 3층 24시 만화방

📖 의정부점

- 의정부역 ④ ⑤
- 흥선지하도
- ◀서울방향
- 진성약국
- 던킨도넛츠
- 24시 만화방 3F

TEL : 031-856-3971
경기도 의정부시 의정부동 197-13 3층

📖 주안점

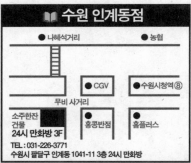

- 주안 남부역
- ◀제물포
- 민병철 어학원
- 간석동▶
- 25시 만화방 6F

TEL : 032-426-2871
인천광역시 주안남부역 지하상가 4번 출구 GS25시 건물 6층

📖 안양점

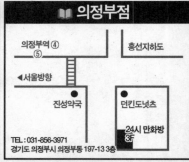

- 안양역
- 육교
- ◀관악역
- 명학역▶
- 농협
- 24시 만화방 2F
- 안양일번가

TEL : 031-466-3771
경기도 안양시 안양동 674-163 죠이당구장건물 2층

역대급 문지기

나한 현대 판타지 장편소설

『궁신』『황금가』 나한의 파격 신작!
인류 최강의 전사, 역대급 문지기의 강력 배틀 액션!

마물들의 침입, '스탬피드'를 막는 최후의 문지기 역시우
이혼대법으로 육체를 떠나 숙주를 찾던 중에
재벌 2세 진이하의 몸으로 빙의한다!
기쁨도 잠시, 마약중독으로 정신병원에 갇힌 신세가 되는데……

체질 개선, 마약중독 탈출, 정신병원 퇴원
할 일은 산더미에 시간은 흘러 흘러
게이트를 넘어온 마물들은 서서히 대한민국을 장악해
여기저기서 의문의 사고가 일어나고……

총칼에 수류탄, 정령으로 무장한 NO.1 마물 사냥꾼!
비교 불허, 예측 불허! 전설이 시작된다!